언제나 나의 곁을 지켜 주는

아내와 가족,

변함없이 나와 뜻을 같이하는

고등학교 친구들, '현·운·달·호',

그리고 대학교에서 같이 공부를 시작하고

지금도 같은 의업에 종사하는

'감성88' 친구들에게

사랑한다는 말을 전한다.

책과 함께

ⓒ 박인호, 2021

초판 1쇄 발행 2021년 5월 1일

지은이	박인호
펴낸이	이기봉
편집	좋은땅 편집팀
펴낸곳	도서출판 좋은땅
주소	서울 마포구 성지길 25 보광빌딩 2층
전화	02)374-8616~7
팩스	02)374-8614
이메일	gworldbook@naver.com
홈페이지	www.g-world.co.kr

ISBN   979-11-6649-687-5 (03810)

사랑하는 우리 아이들에게

책과 함께

인생의 주제에 대한 20개의 이야기

박인호 지음

좋은땅

사랑하는 철, 효, 경에게

나는 나이 만 23세에 결혼을 하여 첫째 아이를 24세에 가졌으니 그야말로 애가 아이의 아빠가 되었다. 스스로 열정적으로 삼 남매를 키웠다고 자부하지만, 형상 매사에 서툰 아빠였을 것이다. 자식에게 물려줄 이야기가 많아 평소에 말을 많이 하였다. 하지만, 정리되지 않은 채로 전달하다 보니 반복되어 지루하고 그때그때 감정이 개입되어 잔소리가 되었다는 것을 알게 되었다. 어느 날 문득 이를 글로 전달하면 모든 문제가 해결되겠다는 생각이 들어 무작정 글쓰기를 시작해 본다.

나는 어려움에 처했을 때, 책을 찾아 해결의 실마리를 찾았고, 나아갈 방향을 잡곤 했다. 내 고민의 해답은 이미 잘 정리되어 책으로 남아 있었고 수백 년 전 현인들의 생각을 스스로는 넘지 못하였다. 집밖을 나갈 때면, 책 한 권쯤은 내 손에 있었다. 하지만, 요즘 어디를 가나 사람들은 스마트폰에 집중하고 있는 것은 자연스러운 풍경이 되었다. 그 모습을 보면서 항상 드는 생각이 있다. "스마트폰에 집중하는 대신 책을 본다면 얼마나 값진 사색의 시간이 될까?" 스마트폰의 정보는 빠르고 자극적이지만 책을 통한 지식처럼 깊지 못하다. 하지만 책을 읽으려 해도 어떤 책을 읽을 것인가는 또 다른 어려운 문제가 된다.

지식은 삶과 연결될 때 그 의미를 갖는다. 나의 인생의 길잡이가 되어 준 책을 추려 제시해 보려 한다. 20개의 주제별로 50권의 양서를 나의 경험과 곁들여 염주를 꿰듯이 서로 연결해 보았다. 먼저 주제별로 내가 하고 싶은 이야기, 경험 또는 교훈을 먼저 쓰고, 인생의 답이 되었던 책을 소개하는 형식으로 정리하였다. 나의 얘기는 스스로 꾸미지 않았기에 마음에 와닿을 것이라 믿는다. 이야기는 책의 개략적인 소개도 될 것이고, 연결 지은 책을 통해 사색의 시간을 가져 본다면, 일석이조의 효과를 거둘 수 있는 방법이란 생각이 든다.

이렇게 독서를 함으로 시간을 절약하고 깨달음에 이르기 위한 지름길이 되어 줄 것이라 믿는다. 인생을 견디는 과정에서 시행착오를 최소화하게 되어 늦지 않은 시기에 철이 들고 남은 삶을 살아가는 데 흔들리지 않고 앞으로 나아갈 수 있는 생각의 뿌리가 되어 주리라 믿는다. 또한, 이 작업은 50대에 접어든 나 스스로에게도 지나온 시간을 뒤돌아보고 생각을 다지는 시간이 되어 주었다.

2020년 가을, 안중읍에서.

책과 함께

1. 죽음 • 14

삶은 죽음과 같이한다. 나이 41살, 암 세포를 찾기 위한 3번의 조직검사를 앞두고는 죽음에 대해 전혀 준비가 안 되어 있는 나를 보았다. Franz Kafka는 "삶이 소중한 이유는 언젠가 끝나기 때문이다."라 하였다. 죽음과 같이하는 나는 오늘의 삶을 어떻게 변화해 가는가?

2. 기록과 시간 • 21

오늘 하루는 너무 짧고, 시간을 붙여잡고 싶다. 얼마 전, 30년 가까이 기록 중인, 다이어리를 보며 켜켜이 쌓인 시간을 떠올려 보는 시간을 가졌다. 뒤적거리기 몇 시간이 지나고, 떠오르는 생각이 있었다. "인생은 길었고, 너무도 많은 사건들이 나에게 일어났었다." 많은 사람들이 "인생은 짧다."고 말을 한다. 이유는 단지, 그 경험들을 잊고 있었고 기억하지 못하였을 따름이다.

10. 환경 · 87

미세먼지로, 오늘도 하늘은 뿌옇다. 기름유출로 해양은 오염되고 바다는 쓰레기로 덮인다. 생명은 먹이 활동을 위해 플라스틱을 먹어 치운다. 환경 파괴는 더욱 빠르게 진행될 것이고 오늘도 지구 온난화는 더해 간다. 이는 되돌릴 수 없을 것이다. 인류 문명은 언제까지 지속될 것인가? 하지만, 나는 오늘을 견디고 삶을 지속하여야 한다.

11. 건강 · 93

인간은 왜 질병에 걸리는가? 이상적인 건강한 생활이란 무엇일까?

12. 선택 · 98

우리는 오늘도 새로운 선택 앞에 놓인다. 그것은 진정한 나, 자신을 위한 결정이었던가, 아니라면 타인에 의한, 위한 결정인가?

13. 돈 · 106

우리는 오늘도 무한한 수입을 기대한다. 하지만, 현재의 여건이 부 축적의 한계를 정한다. 우리의 삶은 돈에 질식되어서는 안 된다. 소비에는 이야기가 있다. 소중한 사람에게 돈이 쓰이고 이야기가 되고 의미가 된다. 나는 오늘 어떤 이야기를 쓰고 있는가? 나는 오늘 《그리스인 조르바》를 잠시 꿈꾼다.

오늘도 나는 지독하게도 출신 '학교 콤플렉스'에 시달리고 있다. 30년 동안이나 앓고 있다. 하지만, 콤플렉스는 과연 나쁜 것인가? 오히려 그것은 나를 쉼 없이 앞으로 나아가게 하는 삶의 동력이었다. 그것은 극복의 대상이고 성장의 원동력이었다.

삶이란 진정한 나에게로 다가가는 여정이다. 나는 주어진 삶의 과제 앞에서, 분열되지 않고 통합되어 앞으로 나아가는가? 오늘도 나는 나의 삶을, 아름다운 하나의 예술품으로 가꾸어 나아가고 있는가?

삶은 불태워질 때 찬란하다. 행복이란 무엇인가? 책을 쓰는 이 순간 나는 행복하다. 우리는 몰입의 순간, 주위의 모든 것을 잊고 진정한 나로 남는다.

예술은 삶을 아름답게 하고 때로는 그것을 넘어선다. 중학 시절 팝음악에 미친 듯이 빠져들었다. 소도시 소년에게 음악은 위안이 되었고, 마음은 해방되고 탈출구를 찾았다. 이후로도 예술작품은 30년 먼 항해의 동반자가 되어 주었다.

18. SEX • 155

오늘도 샘물처럼 솟아나는, 그리고 해소되어야 하는 금지된 욕구, 성욕! 남녀 간 가장 강력한 소통 수단인 섹스의 욕구를 부부가 오랫동안 유지하기 위해 지켜야 할 것은 무엇인가? 욕구의 불꽃을 꺼뜨리지 않고, 간직하는 '지적인 에로스'란 무엇인가?

19. 결혼, 가족 • 161

결혼은 인생 최대의 도전이다. 아이를 낳고, 가족을 유지하는 것은 인생 최고의 수련과정이다.

20. 자녀, 교육 • 169

"어머니, 일생에서 가장 즐거웠던 일은 무엇이었어요?", "네가 성공해서 가장 기뻤단다." 부모님은 자식 교육에서만큼은 어떤 것도 아끼지 않으셨다. 교육은 이어진다. 나도 부모님께 받은 대로, 교육에서만큼은 아이들에게 극성스러웠나 보다. 부모로서 우리는 사랑하는 아이들을 어떤 길로 안내하여야 하는가?

나의 '삶'

인생의 주제 20가지와 서로의 관계

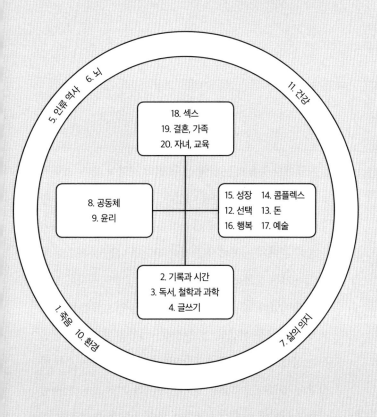

죽음

　지금까지 죽음의 문턱에 선 두 번의 경험이 있다. 초등학교 시절 나는 주산 학원을 다녔다. 휴가철 즈음, 경기도 광주의 곤지암천으로 단체 물놀이를 가게 되었는데, 갑자기 수심이 깊어지는 곳에서 몸집이 작았던 나는 물속으로 빨려 들어가는 상황에 처하게 되었다. 말 그대로 생사를 오가는 상황이었다. 수심 밖으로 고개를 내밀면 호흡곤란, 질식의 공포가 나를 휘감고, 물속에서는 의식을 잃고 마치 꿈을 꾸는 상태로 빠져들어 가고 있었다. 이때 생각나는 오직 한 사람이 있었다. 어머니! 엄마는 나에게 가장 소중한 사람이었고 헤어짐은 순간 고통으로 내 몸을 온통 휘감았다. 이후, 이 죽음의 공포는 트라우마로 남았는데 아마도 수개월, 아니 수년 지속되었던 것으로 기억된다. 아직까지도 그날의 공포가 또렷이 새겨져 있다.

두 번째 죽음의 순간은 2007년, 내가 마흔 살쯤에 일어났다. 나는 군인 신분으로, 미군과 같이 태평양에서 약 4달간, 의료활동을 하게 되었다. 당시 큰아이는 중학생이었고, 둘째와 셋째는 초등학교를 다니고 있었다. 어느 날 오전, 필리핀 어딘가로 진료를 위한 이동 중이었다. 해당 지역으로 이동을 위해 나는 헬기에 몸을 실었다. 얼마나 날았을까? 목적지에 거의 다다랐을 즈음, 헬기에서 화재가 발생하였다. 아마도 헬기가 감당하기에는 많은 인원이 탑승하였고, 내부환기에도 문제가 있었을 것이다. 더군다나, 당시는 한여름이었고 적도 가까운 곳이다 보니 헬기 내부의 온도가 급상승하는 상황이었을 것이다. 헬기의 천정에서 발생한 화염을 직접 목격하는 상황이었다. 동시에 헬기의 고도가 급격히 떨어지는 것을 느꼈다. 더욱이, 오히려 대처에 미흡한 헬기 승무원을 보는 순간, 나는 순간 죽음을 직감하였다. 헬기의 뒷문이 열렸고, 비행 궤적을 따라 수 킬로미터까지 이어지는 연무를 보면서 나는 심리적으로 죽음의 문턱에 서 있었다. 이 순간 헤어질 수 없는 사람이 나에게 있었다. 아직도 어리고 한참이나 보살핌을 받아야 할 나의 삼 남매! 우리 아이들은 죽음으로 떼어 낼 수 없는 존재였다.

죽음을 떠올리게 하는 순간은 이후에도 이어졌다. 나이 41살, 건강검진에서 전립선 수치가 지속적으로 높게 나왔는데, 전립선 암이 의심되는 상황이다. 이후 10년간 확진을 위해 나는 조직검사를 총 3회 하게 되었는데, 시술을 위해, 병원을 향하는 날의 발걸음은 항상 무거웠다. 그날이면, 어떤 감정이 나에게 일어났다. 묘한 감정이고, 정리가 안 되는 것이었다. 하지만, 확실한 것은 **나는 죽음의 준비가 전혀 되어 있지 않았다**는 것이다.

그뿐이 아니라, 이외에도 운이 좋게도 죽음의 순간은 항상 나를 비껴갔다. 부상의 위험, 순간을 피한 때도 수없이 많았다. 이제까지 50년간 나는 앞만 보고 달려왔다. 나를 돌아볼 겨를이 없었다. 나에게 죽음은 예상보다 일찍 찾아올 것이리라. 내 인생 마지막 장면일 죽음은 어느 날 불현듯, 항상 일찍 나를 찾아올 것이리라. 오늘도 나는 커피를 마시고, 글을 쓰고 있다. 항상 그랬듯이, 내일이면 병원에

출근하여 같은 자리에 앉을 것이다. 하지만, 오늘은 오랜만에 사랑하는 가족과 친구들에게 전화를 하겠다. 미루지 않겠다. **그리고, "사랑한다." 말해야겠다.**

《죽음이란 무엇인가》의 저자, 셸리 케이건은 철학과 교수이다. 종교적 영생의 문제를 포함해 죽음에 대한 철학적 성찰이 담겨 있는 책이다. 그리고, 우리는 대부분 죽음의 순간을 의료기관에서 맞이할 것이다. 《어떻게 죽을 것인가》는 이 과정에서 병원에서는 우리들의 죽음의 순간, 실제로 어떤 일이 벌어지는지 구체적으로 알려 준다. 나 또는 나의 보호자가 치료방법, 연명치료, 치료비와 관련하여 결정해야 할 것들을 미리 머리 속에 떠올려 볼 수 있을 것이다. 끝으로 실존주의 철학자인 하이데거의 《존재와 시간》에서는 우리가 자신에게 주어진 시간의 유한성을 인식하게 되어, 참된 존재에 대한 물음과 마주하게 된다.

1 《죽음이란 무엇인가》

셸리 케이건, 박세연 옮김, ㈜웅진씽크빅, 2012.

영혼은 존재하는가? 죽음은 나쁜 것인가? 삶의 가치는 어디에 있는가?의 물음을 던진다. 우리는 대부분 경쟁에서 이기고 더 많은 돈을 벌기 위해 노력하며 대부분의 시간을 보낸다. 하지만 정말로 소중하게 여기는 일에는 별로 시간을 투자하지 않는 것이 사실이다. 가족과 친구들, 그리고 소중한 사람들에게 그들이 얼마나 수중한 존재인지, 자신이 그들을 얼마나 사랑하는지 말하지 않는다. 하지만 우리는 죽는다. 그렇기 때문에 잘 살아야 한다. 죽음을 제대로 인식한다면 인생을 어떻게 살아야 하는지에 대한 고민을 할 수 있다. 즉, 우리는 비로소 죽을 운명에 직면할 때, 그래서 자신이 죽을 거라는 사실을 진심으로 받아들일 수 있을 때, 우리는 인생의 우선순위를 바꾸고 비로소 생존경쟁의 쳇바퀴 속에서 벗어나고자 하는 것이다. 그리고 사랑하는 사람들과 많은 시간을 보내고 자신에게 더 가치 있는 일을 하고자 한다. 삶과 죽음에 관한 다양한 사실들에 대해 생각하고 나아가 두려움과 환상에서 벗어나 죽음과 직접

대면하고 그리고 또다시 사는 것이다. 죽을 운명이라는 진실에 직면할 때 비로소 우리는 지금과 다른 삶을 살아가게 된다.

2 《어떻게 죽을 것인가》
아툴 가완디, 김희정 옮김, 부키㈜, 2015.

저자는 미국의 외과의사이다. 우리는 자신에게 주어진 시간이 유한하다는 걸 이해하는 것이 얼마나 큰 축복인지를 말한다. 우리는 대부분 의료기관에서 죽음을 맞이할 것이다. 아주 조금 나아질 가능성이 있을지도 모른다는 이유로 뇌를 둔화시키고 육체를 무너뜨리는 치료를 받으며 점점 저물어 가는 삶의 마지막 나날들을 모두 써 버린다. 인공호흡기, 감당하기 어려운 수술, 항암치료. 많은 환자들이 요양원이나 중환자실 같이 고립되고 격리된 곳에서 치료를 받는다. 삶에서 가장 중요했던 모든 것으로부터 단절된 채 엄격히 통제되고 몰개성화된 일상을 견뎌 내면서 말이다. 누구에게나 혼자 설 수 없는 시간이 다가온다. 우리는 죽음이라는 이 절박한 문제를 의학과 기술의 손에 맡겨서는 안 될 수도 있다. 삶의 마지막 몇 년을 의미 있게 살아야 한다는 것, 그리고 그렇게 할 수 있다는 것을 저자는 보여 준다.

3 《존재와 시간》
마르틴 하이데거, 전양범 옮김, 시간과 공간사, 1992.

실존주의 철학자인 하이데거의 대표작이다.

"죽음이란 현존재의 가장 고유하고, 극단적이며, 다른 가능성들이 뛰어넘을 수 없는 가장 확실한 가능성이다. 시간이란 미래로 무한히 흘러가는 것이 아니라 인간의 삶을 유한하게 만든다. 따라서 인간은 죽음으로 앞서 달려가 자신이 이 세상에 내던져진 존재임을 온몸으로 받아들이며 실존적인 삶을 살아야 한다. 죽음에 대한 불안으로부터 회피하지 말고, 언제든 자신이 죽을 수 있는 유한한 존재라는 것을 자각하고 자신 본래의 삶을 살기로 결단하라." 〈마르틴 하이데거, 《존재와 시간》, 시간과 공간사〉

기록과 시간

 50세, 설연휴에 책 정리를 하며 시간의 의미를 떠올려 본다. 나는 오랫동안 보지 않는 책들을 정리하며, 그 속에 있던 메모와 사진을 보게 되었다. 나는 지금까지 30년 넘게 다이어리 형태의 조그마한 수첩을 이용해 그날의 기록을 매일 이어 오고 있다. 하지만, 지금까지 나는 그 기록을 돌아볼 여유가 없이 지금까지 달려왔던 것이다. 그날 처음, 기록을 보며 켜켜이 쌓인 그간의 시간을 떠올렸다. 그러기를 몇 시간…. 머리에 떠오르는 생각이 있었다. **"50년은 길었고, 너무도 다양한 사건들이 내 곁을 스쳐갔다." 인생이 짧다는 생각을 하고 있었었던 이유는 단지, 그**

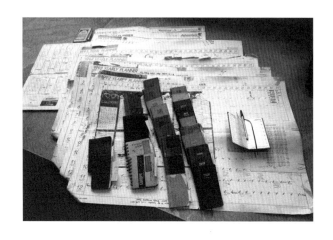

**경험들을 잊고 있었고 기억하지 못하였을 따름이었
다.** 짧은 몇 시간이었지만 메모와 노트를 보며 과거의 사
건과 감정을 생생히 떠올릴 수 있었고 그날을 다시 한번 경
험하게 되었다. 그날은 무척이나 긴 하루였다.

　나에게 주어진 시간을 오래 쓰는 방법은 없을까? 시간을
잡기 위해, 어느 날 하루에 최대한 많은 사건을 나열해 보
았다. 아침에는 '몽이(강아지)'와 산책하고, 점심에는 친구
와 점심 약속을 하고, 오후에는 들녘을 걸으며 나만의 시간
을 즐기고, 저녁에는 골프 연습장을 찾아 운동을 하고, 저
녁에는 아내와 와인을 마시고…. 시간은 길어졌다. 하지

만, 다음 날은 어제의 과로로 인해, 몸은 지쳐 오히려 평상시의 활동보다 줄어들고, 생활은 단조로워져서 다시 시간이 오히려 더 빨라진다. 결국, 시간은 신체의 문제인가? 체력이 강하면 시간이 길어질까? 왜 나이가 들며 점점 체력이 떨어지고 나의 시간은 짧아지는가.

어린 시절 하루는 너무나 길었다. 어른이 되어 결혼하기까지 남은 시간은 너무 까마득하게 길어서 기다릴 수 없는, 상상할 수 없이 긴 시간이었다. 벌써, 이제 50세, 시간이 너무 빨리 지나가는 무서운 나이가 되었다. 인생의 남은 시간과 유한성을 실감하게 된다. 오늘도 진료실에서의 시간은 너무도 빠르게 흐른다.

나는 오늘도 다이어리에 하루를 기록한다.

 4 《나이 들수록 왜 시간은 빨리 흐르는가》
다우어 드라이스마, 김승욱 옮김, 에코리브르, 2005.

저자는 네덜란드의 심리학자이다. 나이가 들수록 왜 시간은 빨리 흐르는 걸까? 인간에게는 물리적 시간이 있고 또한 마음의 시간이 있다. 물리적 시간은 언제나 일정하지만 나이가 들면서 시간이 빨리 간다고 느껴지는 것은 우리 몸의 생리학적 특성에 기인한다. 어렸을 때는 뇌 안의 신경세포들의 정보처리 속도가 훨씬 빠르기 때문에 시간은 길게 느껴진다. 정보처리 속도가 빠르므로 세상을 자주 볼 수 있는 것이다. 하지만, 나이가 들수록 기억되는 사건들이 줄어들고 시간이 빨리 가고 일 년이 짧게 느껴진다. 그리고, 저자는 누구나 한 번쯤 의문을 품었을 법한 다른 주제들에 대해서도 설명한다. 왜 수치스런 경험은 좀처럼 잊히지 않는 걸까? 왜 노인이 되면 어린 시절의 기억이 더 또렷해질까? "전에도 이런 상황을 경험해 본 것 같다."는 데자뷰는 왜 일어나는 걸까? 죽음에 임박해서 눈앞에 자신의 인생이 영화처럼 펼쳐지는 현상의 진실은 무엇인가?

독서, 철학과 과학

독서는 우리를 깊은 사유의 세계로 인도한다. 하지만, 책을 한동안 멀리하게 되는 때도 있다. 이때는, 책을 읽으려 해도 문해가 어려워지는 경험을 한다. 읽기 능력은 긴 역사에서 인류가 각고의 노력 끝에, 가장 최근 획득한 능력이며, 따라서 쉽게 잃어버릴 수 있는 것이다.

철학이란 무엇인가? 과학은 어떻게 발달하였는가? 나는 인생의 궁금증이 생길 때면 언제나 해답을 책에서 찾는다. 해결해야 할 문제와 연결된 책, 이것이 내가 책을 찾는 기준이기도 하다. 그리고 어김없이 그곳에는 답을 주는 책이 있다. **이미 수많은 선인들이 같은 질문을 했고, 대답은**

이미 기록되어 있었다. 오래전, 아이들이 초등학교를 다닐 때이다. 나는 우리 집 가훈 하나쯤은 있어야 될 것으로 생각했다. 나름 고민을 거듭한 끝에 만들어 낸 우리 집 가훈은 다음과 같다. **"내 마음속에 귀를 기울이자!"** 아마도 그때 나는 실존의 문제를 어렴풋하게나마 고민하고 있었을 터였다. 하지만 얼마전 '하이데거'의 글을 읽으며 같은 구절을 발견하게 되었다. 위대한 철학자는 이미 오래전 같은 말을 글로 남겼던 것이다. 나는 다시 한번 깨달았다. "나의 생각은 과거 수많은 현인의 생각을 넘지 못하는구나."

하지만, 독서에는 함정이 있다. 손에 잡히는 대로 읽는 것은 인생의 한정된 에너지를 고갈시킨다. **우리는 훌륭한 책을 선별해 내어서 제한된 시간, 주어진 한정된 에너지를 이용해 읽어 내야 한다.** 하지만, 좋은 책을 찾기란 또한 어려운 일이다. 적절히 안내를 받지 못한다면, 실패하고, 중간에 읽기를 중단할 확률이 높다. 잘못 선택한 책은 좁은 책장을 그저 차지하고 말 것이다. 나도 이런 경험을 많이 하였다. 하지만, 반대로, 잘 선택한 책, 양서는 책꽂이에 있을 시간이 없이 반복적으로 읽히게 된다.

우리는 언어를 통해 사고한다. 우리는 오직 책 읽기를 통해 깊은 사유의 세계로 들어설 수 있다. 《책 읽는 뇌》에서 저자는 스마트폰과 디스플레이에 익숙한 21세기 인류에게 사고의 퇴화, 지성의 퇴화를 경고한다.

5 《책 읽는 뇌》
매리언 울프, 이희수 옮김, ㈜살림출판사, 2009.

우리의 유전자에는 독서하도록 이미 만들어진 프로세스가 존재하지 않는다. 유전적으로 보고 듣는 것은 내장되어 있지만 우리가 문자를 읽고 그것을 두뇌로 받아들여 다시 자신의 삶에 적용하는 고차원적인 회로는 존재하지 않는다. 즉, 읽기 능력은 수많은 반복을 통해 이루어지는 철저한 학습의 결과물이다. 독서를 하는 것은 문자의 의미를 파악하는 것을 넘어 깊은 사색의 시간을 가져온다. 인간이 더 나은 삶을 위해 또한 미래를 위해 준비하도록 만드는 데 이보다 더 훌륭한 발명품은 없다. 이는 바로 인류가 이룩해

낸 독서 학습의 결과이고 앞으로도 지속되어야 할 독서의 힘이다. 다시 말해, 독서하는 뇌 설계의 핵심은 '사고할 수 있는 시간'에 있다. 저자는 과연 스마트폰, 검색엔진을 통해 얻을 수 있는 정보의 즉시성과 넘치는 분량 때문에 과연 스스로 생각하는 프로세스가 이루어질 수 있는지 염려한다. 주어진 정보를 뛰어넘는 상상력을 발휘하도록 텍스트를 분석하고, 텍스트 속 깊이 있는 의미를 추구하는 일. 그것은 우리 두뇌의 능력을 최고치로 끌어올려 활용하는 일이자, 미래를 준비하는 일이다. 기존의 생각보다 더 깊고 심오한 사고를 끌어올리고 싶다면 독서하라.

《지식의 고고학》에서 푸코는 앎이라는 것의 참된 의미를 알려 준다. 내가 '알고 있다'라고 인식하는 '나의 지식'은 어떻게 만들어진 것인지에 대해 알려 준다. 《철학이야기》에서는 앎의 역사, 즉 철학의 역사에 대해 알려 준다. 인류 지성사의 획을 그었던 위대한 철학자의 삶과 그들의 사상을 알기 쉬운 말로 우리에게 들려준다. 철학에서 나왔지만 그것보다는 좀 더 구체적이고 객관적이라고 우리가 신봉하고 있는 오늘날의 과학에 대해 《과학혁명의 구조》는 그 진실을 파헤친다.

6 《지식의 고고학》
미셸 푸코, 지정우(역), 민음사, 2000.

철학과 과학을 품은 오늘날의 사회는 나를 결정할 것이다. 앎이란 무엇인가? 우리는 어떻게 앎을 구성해 가는가? 진리는 영원불변한 것인가? 푸코는 진리란 변화하는 것, 역사적으로 구성된 어떤 것이라 알려 준다. 우리가 말을 하거나 어떤 행동을 할 때, 그 말이나 행동을 스스로 생각해서 결정한 다음 실행하는 것이라 스스로 믿는다. 하지만, 사람의 생각이나 행동은 사회적 상황이나 심리적 원칙에 따라 결정되는 것일 뿐, 결코 각자가 가진 자유나 주체의 의지대로 되는 것이 아니다. 인간이 세계의 중심 또는 특별한 존재는 아니며 오히려 인간이란, 세계라는 거대한 짜임 속에서 인식하고 사유하며 해동하는 존재라 말한다. 우리가 '안다'고 말하는 것은, 나의 이성이 사물을 포착하고 분석하여 전해지는 앎이라기보다는 사물과 언어, 제도로 짜여 있는 이 세계가 내게 보여 주고 나의 주의를 끄는 작용의 결과이다.

7 《철학 이야기》
윌 듀랜트, 임헌영(역), 동서문화사, 1994.

나는 스스로 철학을 '생각의 시작이고 그, 뿌리'라 정의하고 싶다. 튼튼한 뿌리는 거대하고 위대한 나무를 키워 낼수 있을 것이다. 철학을 대표하는 뛰어난 철학자들, 인물별로 그들의 삶에 대한 이야기를 소개하고 철학 사상을 재미있게 이야기해 주고 있다. 난해한 용어나 논리에 집착함이 없어 쉬운 수필을 읽듯 하지만, 결국 심원한 철학사상을 터득하게 된다.

8 《과학혁명의 구조》

토머스 쿤, 김명자·홍성욱(역), 까치글방, 1999.

과학자가 현재 받아들이고 있는 이론이나 원리 또는 연구방법 등을 '패러다임(paradigm)'이라 하고, 이 패러다임의 틀에서 대부분의 과학자가 받아들이고 사회적으로도 받아들여지는 시기를 '정상과학(normal science)'의 시기라 한다. 이 시기에는 기존 패러다임에 맞지 않는 주장이나 학문적 결과는 사회적으로 받아들여지지 않고 무시되거나 폐기된다. 하지만, 조금씩 기존 이론에 대한 의문이 생기고 차츰 이상 현상과 과학적 발견들이 축적되면서 기존의 신뢰가 무너지고 패러다임의 위기를 맞는다. 결국 기존의 패러다임에서 새로운 패러다임으로 전환되는 대사건이 발생하게 되는데 이것이 '과학혁명(scientific revolution)'이다.

21세기 과학은 객관적이고, 보편적이고, 또한 절대적인 것인가? 쿤은 아니라고 답했다. 오히려, 과학의 발전은 불연속적이며 축적되지 않는 것이라 말한다. 과거에도 수없이 그랬듯, 오늘날의 정상과학의 토대는 무너지고 전혀 새로운 방향으로 혁명적 변화는 진행하는 것이다. 따라서, 과학은 철저히 끊임없이 변화하는 사회적 활동으로 정의될 수 있다. 현재의 과학은 결코 당위적인 무엇으로 간주되어서는 안 되며, 그 작동방식을 이해해야 한다. 우리는 실로 정상과학의 시기를 지나 새로운 패러다임으로의 전환기를 맞이하고 있는가? 오늘날의 과학은 어떠한가? 인공지능, 생명공학, 나노, 로봇 등의 연구에는 천문학적 비용을 쏟아붓는다. 하지만, 과학은 진정으로 우리가 해결해야 할 문제들에는 관심을 가지고 있을까? 인류의 '기아', '기후변화', '환경파괴' 등의 문제에 대해 오늘날의 과학은 무관심하기만 하다. 과학이 이들을 심각한 주제로 삼지 않는 것은 현재의 정치·경제적 상황의 관점에서 이들이 관심거리가 되지 않기 때문이다. 우리는 현재 인류가 당면한 위기를 극복하기 위한 새로운 패러다임의 구축을 위해 사회적 관성에서 과감히 벗어나야 한다.

글쓰기

　나는 오늘도 수첩에 기록한다. 오늘을 기억하고 싶은 소망이 담겨 있다. 글쓰기란 나의 정신을 드러내는 가장 고귀한 방법이다. 그리고, 오래전 의미 있는 글쓰기 순간을 떠올려 본다.

　나는 오랜 교육과 수련 및 학위과정을 통해 논문쓰기를 공부하였다. 의무적인 글쓰기 훈련을 마친 이후에도 자발적인 논문쓰기를 이어 갔다. 군 생활 중, 말라리아 관련 논문을 쓰기 위해 수년에 걸쳐 저널을 읽고, 자료를 모아, 학술지에 결론을 게재하였다. 개업 후에도 쓰기를 이어 갔다. 모발이식술은 피부과학 수련과정의 마지막 단계였을 것이다. 이식술 관련 논문 게재는 그래서 의미가 있다. 논문의 형식은 지식표현의 최고 정점이다. 지금까지의 인류의 지식을 취합하여 정리하고 나의 생각을 그 위에 더해, 첨단에 세우는 과정이다. 나를 드러내고 뽐내 보는 시간이었다.

글쓰기는 오랜 시간 인류에게 중요한 수련과정 중 하나이기도 하였다. 글의 내용과 자신을 일체화하는 과정에서 글쓰기를 활용하였다. 돌이켜 보면, 나에게도 글쓰기는 스스로를 성장시키는 계기가 되었다. 피부과 수련기간, 어려운 시절 나는 글쓰기를 하며, 견디었던 것이다. 왜 전문의 공부를 지속하여야 하고 그 의미는 무엇인가? 질문을 던지고 이를 잊지 않고 삶에 녹이는 다짐이었다. 또한, 이해를 통해 응어리진 감정이 해소되는 일종의 쾌감도 경험하였다.

그리고, 글쓰기는 오늘도 이어지고 있다. 지나온 50년, 그간의 일, 삶의 여정을 글로 정리하고 있는 것이다. 책의 제목은 《책과 함께》이다. 아이들에게 무작정 쓰기 시작한 작업이 오히려 나를 바라볼 수 있는 거울이 되어 준다. 담론들이 서로 연결되고 정리되고, 새로운 담론으로 이어진다. 그리고 스스로의 성찰의 시간을 가져 본다.

나는 조지 오웰의 글 쓰는 이유 네 가지에 덧붙여 하나의 이유를 추가하고 싶다. 사색을 통해 정리하고 **'글과 나를 일체화 시키는 과정'.**

 《나는 왜 쓰는가》
조지 오웰, 이한중 옮김, 한겨레출판, 2010.

오웰은 글을 쓰는 이유를 네 가지로 정리하였다. 첫째, 자신을 뽐내고 자랑하고 싶어서, 둘째, 세상의 아름다운 경험을 남들과 나누고 싶어서, 셋째, 지식을 후세에 전달하고 싶어서, 넷째, 남들의 생각을 바꾸고 싶어서.

인류 역사

국민학교부터 대학 입시까지의 삶에서 가장 많은 시간 동안 바라본 유일한 가치는 '학업성적과 대학입시'라는 하나의 명제로 귀결된다. 큰 틀에서 벗어나지 않고 오랜 시간 성장의 시기를 보낸 것은 부모님의 보살핌과 가족의 관심 덕분이었다. 국민학교는 경기도 광주, 경안리 안골에서 약 500m 떨어진 광주국민학교에 다녔다. 6학년 때, 국민학교 앞으로 이사하여 부모님은 문구점을 시작하셨다. 광주중학교도 집 옆에 위치하고 있었다. 당시의 관심사는 온통 공부와 관련된 것이었다. 광주고등학교도 지척에 위치하였지만, 실업계를 포함한 종합고등학교였다. 당시 대학 진학을 위해 성남시의 고등학교를 선택한 것은 너무도 자연스러운 것이었다. 나는 집에서 성남의 고등학교까지 버스를 갈아타야 했고, 20km 가까이 통학을 하며 고등학교를 다니게 되었다. 집 근처 고등학교가 있었지만, 공부를 큰 도시로 나가 열심히 해 보겠다는 생각으로 성남의 인문계 고등학교를 지원하였던 것이다. 나름 공부에 대한 의지가 대단하였다. 당시 고등학교의 분위기는 오직 대학입시에 모든 가치가 집중되어 있었다. 야간 자율학습을 학교에서 마련한 독서실에서 하였다. 지금은 말도 안 되겠지만, 모의고사 성적에 따라 도서관에서의 자리를 정해 주었다. 또한, 우열반을 나누어 공부를 하던 시절이다. 대학입시가 지상 최대의 가치였으리라.

몇 조각의 기억을 제외하고는 학교수업에서 특별히 남는 기억이라고는 없는데, 인상적인 순간이 있다. 고등학교 지구과학시간. 끝없는 우주 공간을 떠올릴 때면, 왜 그런지 받아들일 수 없는 두려움과 아찔함에 광대한 우주를 감히 머리에 떠올릴 수 없었다. 용기와 지혜가 없었다. 은하의 끝자락 작은 행성에 매달려 생활하는 미천한 생명체라는 사실이 두려웠으리라. **공부, 대학입시에 매달렸던 어린**

나에게, 너무도 작은 가치에 매몰되는 나 자신과 광활한 우주는 분열되어 도저히 하나로 받아들일 수 없었다. 유한함과 허망함을 받아 들이기에는, 너무도 강렬한 욕망으로 가득 차 있는 시기였으리라.

당시 우주의 광대함과 무한함은 상대적으로 삶의 허무함을 암시하였을 것이다. 이에 대한 인식의 두려운 감정이 무엇이었는가를 이제야 이해하게 된다. 이제 '지천명(知天命)'의 나이가 되어 삶을 되돌아보니 자연스럽게 시선은 지구 밖 우주를 포함하게 된다. 인간의 유한함과 미천함을 인식하였기에, 오히려 아름다운 인류의 삶을 진실되게 볼 수 있는 지혜가 생겼다. 하지만, 우리 은하의 저편, 지구라는 작은 푸른 별, 21세기 인류의 삶은 어떠 한가? 2021년 오늘, 과거 2차 세계대전, 바로 이전 세계의 '기시감(Déjà Vu)'이 드리운 시간이다.

《코스모스》는 광대한 우주에서 인간의 존재에 대한 의미를 떠올리게 한다. 우주는 138억 년 전에 탄생하였다. 약 200억 광년 거리의 우주에는 1000억 개나 되는 은하가 있다. 그중에 하나, 은하 저편에 지구라는 하나의 작은 점으로 존재하는 지구에서 우리는 오늘을 살고 있다. 《이기적 유전자》, 지금으로부터 40억 년 전 DNA라는 화학물질이 원시대양에 나타난다. DNA는 이후 세포 내로 들어서더니 인간의 근육, 심장, 눈 그리고 두뇌 등의 다양한 기관을 만들어 낸다. 《사피엔스》, 인류는 불과, 20만 년 전에 등장했다. 그리고 대부분의 시간을 여기저기를 떠도는 중요치 않은 유인원 집단에 불과했다. 7만 년 전부터 이들은 아프리카를 벗어나 지구 곳곳으로 퍼져 나간다. 인류는 동양과 서양으로 나뉘어 인류 문화를 꽃피운다. 《총, 균, 쇠》에서는 세계 곳곳에 자리잡은 인류는 어떤 영향으로 서로 다른 발전의 길을 가게 되었는지 그 조건을 알려 준다. 현대의 인류는 지구 표면에서 국가라는 인적, 지리적 구획으로 서로를 구분 지어 오늘을 살고 있다. 《자본주의 사회주의 민주주의》라는 체계를 발전시켜 공존의 길을 모색한다.

| 10 | 《코스모스》 |

칼 세이건, 홍승수 옮김, 사이언스북스, 2006.

우주는 138억 년 전에 점과 같이 매우 작은 시공간이 빅
뱅으로 팽창하면서 시작되었다. 92억 년이 지나자(지금부
터 46억 년 전) 태양계가 만들어지고, 곧이어 태양계에서
지구가 탄생하였다. 빅뱅 후 약 100억 년이 되었을 때 지구
에 생명체의 원조가 출현했다. 250만 년 전에 인류가 시작
되었고 30만 년 전에 현생인류(호모 사피엔스)가 나타난
다. 우주의 크기는 약 200억 광년의 거리이다. 우주 전체에
는 약 1000억 개나 되는 은하가 존재한다. 그중 하나의 운
하 속에 지구를 포함한 태양계는 중심에서 약 3만 광년 떨
어진 곳에 위치한다. 우리 은하에는 2000억~4000억 개의
별들이 있다. 그중에서 태양이라는 별을 일년에 한번 공전
을 반복하며 돌고 것이 지구이다. 나는 그 지구, 동쪽의 끝
편에서 오늘을 살고 있다.

인간과 우주는 가장 근본적인 의미에서 연결돼 있다. 인
류는 코스모스에서 태어났으며 인류의 장차 운명도 코스
모스와 깊게 관련돼 있다. 인류진화의 역사에 있었던 대사

건들뿐 아니라 아주 사소하고 하찮은 일들까지도 따지고 보면 하나같이 우리를 둘러싼 우주의 기원에 그 뿌리가 닿아 있다. 우주적 관점에서 본 인간의 본질과 만나게 된다.

11 《이기적 유전자》
리처드 도킨스, 홍영남·이상임 옮김, 을유문화사, 1993.

인간의 속성을 결정짓는 가장 큰 요소는 유전자(DNA)일 것이다. 40억 년전 스스로 복제 사본을 만드는 힘을 가진 DNA라는 화학물질이 처음으로 원시대양에 나타난다. 이후 세포에 들어가서는 끝내 자기복제를 보다 효과적으로 수행해 줄, 인간을 만들어 낸다. 자연은 치열한 생존 경쟁의 장소이고 이 싸움에서 살아남는 것은 유전자의 유일한 목표이다. 따라서 유전자로 프로그래밍된 인간은 기본적으로 이기적이다. 즉, 인간은 유전자를 다음 세대에 전달하는 유일한 목표를 가지고 있고, 이 목표에 따라 행동한다. 인간은 이기적 유전자가 맹목적으로 프로그램을 짜 넣은 유전자를 보존하기 위한 로봇 기계다. 다른 사람을 돕는 이타적행동도 자신과 공통된 유전자를 남기기 위한 이기적 동기에서 나온 행동에 불과하다.

도킨스는 밈(Meme) 이론으로 생물학적인 유전영역을 문화로까지 확장한다. 유전자는 하나의 생명체에서 다른 생명체로 복제된다. 하지만, 밈은 언어, 문자, 전수행위를 이용, 서로의 모방을 통해 사람의 뇌에서 다른 사람의 뇌로 복제된다. 인간은 또한 밈 유전자의 생존을 위한 로봇 기계인 셈이다. 예를 들어 어떤 학자에게서 다 수에게 이익을 주고 공동체를 유지할 수 있는 좋은 아이디어를 들었다면, 그는 다른 사람에게 그것을 전달할 것이다. 그것은 강연이나 다른 형태의 전달 형식을 통해서도 가능할 것이다. 인류는 공동체를 이룸으로써 오늘날의 문화를 이룩하였고 번영을 누리고 있다. 옳고 그름을 떠나 서로에게 이익을 주었던 이타적 행위나 문화의 밈유전자 덕분에 가능하였고 공동체는 유지 발전하고 있다. 위대한 인물들이 남긴 문화유전자가 오랫동안 기억 보존되고 있는 것이다. 서로에게 이익을 주는 사회환경과 시스템을 구축한다면 이타적 행위나 사고의 밈은 전세계적으로 널리 확산될 수 있을 것이다. 오직 인간만이 이기성의 굴레에서 벗어나 진정한 삶의 의미를 찾으므로 숭고한 존재일 것이다.

12 《사피엔스》
유발 하라리, 조현욱 옮김, 김영사, 2015.

호모사피엔스는 불과 20여만 년 전에 등장했다. 그 이후 대부분의 시간 동안 인류는 동아프리카를 떠돌며 수렵 채집을 하는 중요치 않은 유인원 집단에 불과했다. 그리고 약 7만 년 전부터 이들은 아프리카를 벗어나 세계 곳곳으로 퍼져 나간다. 재레드 다이아몬드는 이를 '대약진(Great Leap Forward)'이라고 했다. 이후 몇만 년에 걸쳐, 이 종은 지구 전체의 주인이자 생태계 파괴자가 되었다. 오늘날 이들은 신이 되려는 참이다. 인간의 능력이 놀라울 정도로 커졌음에도 불구하고 여전히 스스로의 목표를 확신하지 못하고 있으며, 예나 지금이나 불만족스러워 하기는 마찬가지인 듯하다. 우리는 우리가 어디로 가고 있는지 아무도 모른다. 더욱이 무책임하기까지 하다. 스스로를 신으로 만들면서 아무에게도 책임을 느끼지 않는다. 오로지 자신의 안

락함과 즐거움 이외에는 추구하는 것이 거의 없지만, 그럼에도 결코 만족하지 못한다. 스스로 무엇을 원하는지도 모르는 채 불만족스러워하는 무책임한 신들, 이보다 더 위험한 존재가 또 있을까?

13 《총, 균, 쇠》
재레드 다이아몬드, 김진준 옮김, 문학사상㈜, 1998.

이 책은 13,000년에 걸친 이채롭고 열정적인 인류의 역사여행이다. 동양과 서양, 각 대륙의 인류사회가 각기 다른 발전의 길을 걷게 된 원인을 설득력 있게 설명함으로써, 인종주의자들의 이론 기반을 무너뜨린다. 동양과 서양, 다양한 '인간사회는 왜 서로 다른 운명을 지니게 되었는가?'라는 질문에는 흔히 인종주의적인 답변이 따랐다. 하지만, 다이아몬드 교수는 각 사회가 출발선상에서 지니게 된 우위와 지역적 조건들을 통해 서로 다른 인류 역사의 변천과정을 겪었음을 설명한다. 인종적, 민족적 차이를 다룬 이론에 대한 완벽한 방어 이론이다. 지리학, 식물학, 동물학, 고고

학, 역사학에 두루 접근한 저자는 인류의 다양성은 역사적
과정의 결과이지 지력의 차이에서 오는 것은 아니라는 사
실을 보여 준다.

 《자본주의 사회주의 민주주의》
요제프 슘페터, 이종인 옮김, 북길드, 2016.

  인류는 집단을 이루며 살고, 공존을 위해 체계를 발전시
킨다. 우리 생활에서 큰 영향을 주는 자본주의와 민주주의
라는 개념의 이해를 돕고, 현대 사회와 국가가 끊임없이 발
전하기 위해서는 어떤 과정이 필요한지 제시한다. 슘페터
의 사상을 통해 내가 현재 살고 있는 세상의 정치구조와 경
제체제를 이해하고, 열린 이해와 포용의 태도를 얻을 수 있
다.

뇌

　누구나 인생에서 거대한 의문과 마주할 것이다. "영혼은 있는가?", 이 질문의 초입에는 "정신활동은 물질인가?"라는 물음이 자리한다. 이는 또한 근본적으로 종교의 문제이기도 할 것이다.

　나의 아버지는 할아버지가 돌아가시고 오랫동안 제사상을 집안에 모셨는데 마치 귀신이 있는듯 대하셨다. 제사를 지낼 때면, 귀신이 제삿밥을 먹는구나 하는 믿음을 나는 가져 보았다. 지금의 나는 그날의 아버지의 자리에서, 당신의 제사를 올리고 있다. 우리 집안의 종교는 전통으로 보면 귀신을 믿는 유교라 하겠다. 하지만, 나는 나이 28세에 천주교 세례를 받았다. 아내도 천주교 세례를 받았다. 그러나, 그 이후 미사에는 한 번도 참석하지 않은 냉담자이다. 20대 어느 날, 거리에서 어떤 이를 만나기도 했다. 그는 나에게 "당신은 평범한 분이 아니십니다. 조상님이 덕을 많이 쌓으셨군요!"라고 말하며 다가온다. 자아도취에 빠져 있던 나는 지체없이 대화를 시작하지만, 특정 종교인이란 것을 알게 되고 조금은 실망하여 발길을 돌렸다. 지금까지, 하는 둥 마는 둥, 결국, 종교적인 믿음은 나의 것이 아니었다.

때로, 우리는 시간을 역행하는 듯한, 뇌에서 일어나는 현상을 통해 혼란에 빠지기도 한다. 신비한 경험들이다. 우리의 인식을 뛰어넘는 경험을 하고는 신비주의에 빠지기도 한다. 아내는 큰아이를 임신하고, 나는 태몽을 꾸었다. 집채만 한 사과 하나를 꿈에서 보고는 아들, 우리 큰아이를 얻었다. 참고로, 꿈에서 사과 하나는 아들을, 여러 개는 딸을 의미한다고 한다. 나는 병원이 불타는 꿈을 꾸고는, 경제적인 어려움에서 벗어날 수 있었다. 아내는 '벌이 튀어나오는' 꿈을 꾸고, 그토록 고대하던 큰아들의 대학졸업 소식을 들을 수 있었다. 아이들이 어렸을 때, 삼 남매의 사주풀이가 어렴풋이 기억이 난다. 지금의 상황을 고려해도, 어찌 그렇게 잘 들어맞는지 감탄을 금할 길이 없었다. 결혼 전, 남녀 간의 궁합도 우리는 무시할 수가 없게 된다.

19세기, 남아메리카를 향한, 스페인 정복자들은 남미 원주민에게는 감정이 존재하지 않는다고 생각했다. 나는 반려견, '몽'이와 어언 8년째 생활을 하고 있다. 누구나 오랜 기간 반려동물과 지내고 그들과 정서적인 교감한 경험이 있다면, 그들 에게도 '작은 영혼'이 있다는 것을 금방 알아차릴 것이다. 소, 돼지, 닭도 마찬가지일 것이다. 하지만, 우리는 그들을 잡아먹는다. 우리는 살해를 통해 음식을 마련한다. 인간은 타자에게 사려 깊지 못한 존재인가 보다. 인간은 스스로를 우주의 유일한 존재, 고귀한 존재로 인정받고 싶어한다. **신의 사랑도 독차지하고 싶다.**

오늘날 인류는 정신은 물질이며 우주에서의 시간은 각기 다르고, 역행할 수도 있다는 사실을 알아 버렸다. 인류의 운명도 아주 작고 사소한 일까지도 우주의 이치와 맞닿아 있다는 것을 알았다. 우주 어느 저편에 인류와 유사한 존재가 있다는 것을 가정하는 것이, 보다 합리적이라는 사실을 인정하지 않을 수 없게 되었다. 우리와 같이 정신활동을 하는 존재는 광활한 우주에서 인류가 유일하지 않을 것이다. 그동안 인류는 신과 함께했고 행복했다. 하지만 오늘날 신을 잃었고, 오롯이 인간 스스로를 다독이며 삶을 이어 가야 하는 존재가 되었다.

나는 오랜 시간 동안 궁금증을 가지고 있었다. 땅에서 나고 물질로 이루어진, 나의 몸은 어떻게 사고와 판단, 즉, 정신활동을 하고 있는가? 영혼이란 존재하는 것인가? 이것은 또한 나에게 신의 존재에 관한 물음이기도 했다.《괴델, 에셔, 바흐, 영원한 황금 노끈》은 여기에 관한 고민과 저자의 해답이 담겨 있는 책이다.

15 《괴델, 에셔, 바흐, 영원한 황금 노끈》
더글러스 호프스태터, 박여성·안병서 옮김, 까치글방. 2018.

오래전, 데카르트는 신체와 영혼은 구분 되어 있다는 심신이원론을 말하였다. 영혼은 뇌의 송과선(Pineal gland)에 위치하고 그곳에서 우리의 신체를 조율한다고 생각했다.

영혼이 우리 몸에 붙어 있다면 뇌(blain)가 적당하였을 것이다. 신경과학자들은 다양한 장비를 이용해서 실험을 통해 영혼의 존재를 밝혀 보려고 노력하지만 그것의 존재를 밝혀 내기 란 참으로 어려워 보인다. 수세기가 지났고 과학이 발달하였지만, 오늘날에도 영혼의 존재에 대한 질문은 아직도 우리들에게 궁금증을 자아낸다.

《괴델, 에셔, 바흐, 영원한 황금 노끈》은 이상한 고리(strange loop)를 통해, 어떻게 영혼을 가진 생명이 있는 존재가 생명이 없는 물질로부터 나올 수 있는지 이야기하고 있다. 우리가 지금 사고하고 판단하며 스스로를 인식하고 있는 의식, '자아(自我, Ego)'란 무엇인가? 우리는 땅에서 왔다. 어떻게 돌이나 흙처럼 의식이 없는 물질로부터 생각을 가진 존재, 자아가 나올 수 있는지를 설명한다.

네덜란드의 판화가 에셔(Maurits Cornelis Esher)의 작품을 통해, 그리고 바로크 음악가 바흐의 돌림노래 〈무한히 상승하는 카논〉, 또 20세기 수학자 괴델의 '불완전성 정리'를 통해서 '이상한 고리(strange loop)', 즉, '헝클어진 위계질서(Tangled Hierarchy)'라는 개념을 설명한다. 에셔의 작품, 〈그림 그리는 손(Drawing hands)〉에 나오는 두 손은 서로가 서로를 그리고 있다. '이상한 고리'는 어느 한 방향으로 계속 진행하는 것 같지만 다시 제자리로 돌아오는 것, 부분 부분을 볼 때는 이상하지 않지만 전체로 볼 때는 이상한 모순인 것을 가리킨다. 우리의 뇌세포가 축삭돌기를 통해 주위의 뇌세포와 서로 소통하는 과정을 통해 결과적으로 '이상한 고리'는 발생한다.

그렇다면 '이상한 고리'의 모순적 특성과 같이 인간의 행동은 예측하기 힘들고 자연 법칙을 벗어나 설명 불가능한 것인가? 그렇지 않다. 에셔의 작품, 〈그림 그리는 손(Drawing hands)〉에서 감상자는 '화가'의 존재를 망각한다. 보이지 않지만, 실재로 존재하는 화가처럼, 우리 의식의 작동방식에는 위계질서를 지배하는 '불변의 층위(inviolate level)'가 존재한다. 우리는 단지 이 층위를 이해하지 못할 따름이다. 의식은 본래 높은 층위의 현상으로서 낮은 층위인 뉴런 간의 상호작용으로 창발하지만 높은 층위의 의식은 낮은 층위의 생리학적 개념만으로 설명 불가능하다. 괴델의 '불완전성의 정리'는 그 이유를 설명한다. "어떤 정리가 참이라 해도, 그것을 수학적으로 증명하는 것은 불가능 할 수 있다." 저자는 인간 지능의 표층부에 '이상한고리(Strange loop)' 또는 '헝클어진 위계질서(Tangled Hierarchy)'가 존재하고 심층부에 이를 지배하는 '불변의 층위(Inviolate level)'가 있다고 말한다.

나아가 우리는 자신과 같은 수준의 인공지능을 탄생시킬 수 있을까? 괴델의 정리와 같이 우리가 비록 의식의 심층부의 불변의 층위(inviolate level)까지 이해하지도 증명하지 못한다 해도, 지능의 높은 층위에 해당하는 부분을 인간이 만든 빅 데이터(big data)를 이용, 컴퓨터의 무한한 연산으로 인간의 감정에 대응한다면 이 또한 의식이라 할 수 있을 것이다.

점(占), 예언이란 가능한 것인가? 꿈에서 미래를 보는 것은 과연 가능할까? 우리는 예지몽(豫知夢)을 드물지 않게 경험한다. 꿈은 예언하기라도 하듯 미래의 한 장면을 우리에게 보여 주곤 한다. 그렇다면, 시간이 미래로 앞서간다는 것은 가능한 것인가? 나는 그렇다고 생각한다. '머릿속에서의 시간', 즉, 무한히 깊은 '무의식의 시간'은 일상 생활에서 느끼는 오늘의 시간과는 서로 다르게 흐른다고 생각하기 때문이다. 뇌를 작은 우주라 가정한다면, 꿈에서 무한한 에너지를 가진 무의식의 시간은 앞으로 달려 우리에게 미래의 한 장면을 전한 것인가?《시간은 흐르지 않는다》에서 얘기하듯, 광활은 우주에서의 시간은 이곳, 저곳에서 제각각 흐르듯이……

16 《시간은 흐르지 않는다》
카를로 로벨리, 이중원 옮김, ㈜쌤앤파커스, 2019.

우리는 "이 우주에는 단 하나의 시간만이 존재하고, 그 시간은 과거로부터 미래를 향해 한 방향으로만 흐르고 있다. 그리고 다른 어떤 영향도 받지 않고 규칙적이고 일정하게 흐른다."고 생각한다. 시간은 일정한 방향으로, 한방향으로만 흐를까? 그렇지 않다. 로벨리가 얘기하듯, 엔트로피가 증가하는 곳에서만 시간은 흐르므로 전 우주적으로 볼 때, 대부분의 공간에서 시간은 흐르지 않고, 그리고 시간은 이 넓은 우주에서 그야말로 제각각 흐르는 것이다. 우리가 살고 있는 지구 환경의 특수성, 즉 근사성이 우리를 혼란에 빠뜨리는 것이다. 과거, 현재, 미래라는 개념도 우리의 상상 속에나 존재하는 것이다. 우주의 어느 곳에서나 시간은 균일하게 흐르지 않으므로 현재라는 개념도 지구라는 제한된 공간에서만 정의가 된다. 드넓은 우주의 한쪽 편, 아주 조그만 지구에 적용되는 시간 축에서 우리는 존재한다. 과거에 있었던 일, 그리고 미래에 발생할 사건 사이에서, 현재 우리의 선택은 우리 의식구조에서 중요한 역할을 한다. 오랜 역사에서 인류는 진화의 과정을 통해 오늘날의 뇌구조를 탄생시켰다. 인류에게 앞으로 일어날 일, 미래에 대한 예측 가능성의 능력은 생존의 가능성을 높였을 것이다.

욕구, 삶의 의지

오래전, 중학생이던 나는 우울감과 처음 만났다. 나는 석양을 바라보고 있었다. 어느 순간 급격한 감정변화에 스스로 놀라고 어찌할 바를 몰라 당황했다. 우울한 감정은 이후 간간히 계속되었다. 대학교 시절에도 우울한 감정과 싸우며 학업을 이어 가야 했다. 수련과정에서는 항우울제로 견뎠다. 30대에 처음으로 같이한 약물이 '항우울제'였다.

우리는 언제나 감정의 변화를 겪는다. "감정은 의식적으로 조절할 수 없는가?" "우울한 감정은 훈련으로 극복 가능할까?" 나이 50에 이르러 서야, 비로소 스스로의 감정을 객관적으로 바라본다. 개업을 하고 있는 지금, **오늘은 우울**

한 감정과 여유 있게 동거한다.

나의 생각이 먼저, 이후 행동이 결정된다고 그동안 생각했다면, 오히려 거꾸로 생각을 바꾸어 보자. **새로운 환경과 도전하는 행동이 먼저, 이것이 이후 나의 사고와 기분에 영향을 준다는 것을 알아야 한다. 우리는 행동을 감행함으로써 스스로의 감정을 바꿀 수 있다.**《우울할 땐 뇌 과학》, 《당신의 뇌는 최적화를 원한다》이 핵심내용은 구체적으로 어떤 행동이 나의 사고에 긍정적인 영향을 미치는지를 알려 주고 있다는 점이다.

17 《우울할 땐 뇌 과학》
앨릭스 코브, 정지인(역), ㈜도서출판 푸른숲, 2018.

대개는 마비된 것 같은 느낌이 들고, 감정이 있어야 할 자리가 텅 비었다고 느낀다. 희망이 없고 어찌해 볼 도리가 없을 만큼 절망적이다. 음식도, 친구도, 취미도, 기력도 급

속도로 떨어진다. 우울증의 '하강나선(Downward Spiral)'이 심각한 이유는 단순히 기분을 저조하게 만들기만 하는 것이 아니라 그 저조한 상태를 계속 유지하려는 성질이 있기 때문이다. 신경과학을 활용해, 뇌의 회로를 재배선하고 '상승나선(Upward Spiral)'으로 진행 방향을 바꾸어 보자.

책상에 바른 자세로 앉아 생각해 보자. 우유부단함은 우리를 우울증에 빠뜨린다. 스스로 결정하는 습관으로 자신에 대한 통제감을 경험하게 되고 자신감을 가짐으로써 우리는 우울증에서 탈출할 수 있다. 그것이 최선의 결정이 아니어도 좋다. 괜찮은 결정도 좋다. 운동은 새로운 뉴런을 만들고, 근육을 키우고 뇌도 강화해 준다. 운동은 우리가 할 수 있는 최고 최대치의 활동이다. 운동을 통해서 세로토닌 수치를 끌어올리고, 도파민의 활동을 자극하고 엔도르핀을 증가시킨다. 가볍게 걷고 뛰는 것만으로도 뇌에는 큰 변화가 일어난다. 또한, 운동은 몸에 활력을 주고 수면의 질도 높인다.

《당신의 뇌는 최적화를 원한다》

가바사와 시온, 오시연(역), ㈜쌤앤파커스, 2018.

　생활습관이나 일하는 방식을 조금만 바꾸면 도파민이 분비되고 의욕은 물론이고 업무능력, 학습능력, 기억력이 몰라보게 향상된다. 열정의 행복물질인 '도파민'은 목표를 세우고 이를 즐겁게 달성할 때 분비된다. 그리고 우리는 다음 단계의 목표를 재설정하여 지속적인 몰입(flow)의 상태를 유지할 수도 있다. 때로는 즐거운 운동도 도움이 된다. '노르아드레날린'은 스트레스를 받을 때 분비되지만 오히려 집중력과 기억력을 높인다. 적절한 스트레스를 가지는 일에 빠져보는 것도 우리를 건강하게 한다. 햇빛 쏘이기, 운동, 꼭꼭 씹어 먹기, 심호흡을 해 봄으로써 스트레스를 줄이는 치유물질인 '세로토닌'의 도움을 받을 수 있다. 재충전을 위한 '멜라토닌'은 수면물질로서 새벽 2~3시에 왕성하게 생성된다. 일정한 시간에 잠자리에 들고 수면 시 과도한 조명과 자기 전 스마트폰의 노출을 피해 본다. 아이디어가 필요할 때는 창조성의 물질인 '아세틸콜린'의 도움을 받는다. 침대나 버스를 타고 가다가, 조용한 방에서, 그리고 화장실에서 우리의 창조성이 번뜩이는 생각과 만날 수 있다. 낮잠이 때로 도움이 되기도 한다. 뇌 내 마약이라 불리는 '엔도르핀'은 내가 좋아하는 일, 그리고 그것에 집중할 때, 멋진 풍경을 볼 때 분비된다. 즐거운 운동이나 성관계를 할 때, 단 음식을 먹을 때 분비되고 따뜻한 물에 몸을 담그기가 도움이 된다.

공동체, 같이 사는 법

더불어 사는 삶이기에 우리는 행복하다. 축구 국제경기가 벌어진다. 나는 자연스럽게 '대한민국'을 응원한다. 여기에는 어떤 이유도 필요 없다. 외국여행을 할 때면, 간절히 떠오르는 음식이 있다. 김치와 된장찌개가 그립다. 조상은 어떻게, 한민족은 어떻게 국가 정체성을 지켜 왔는가, 그 소중함을 새겨 본다. 나는 오래전 이민, 외국 생활에 대한 환상을 가졌다. 하지만, 오히려 지금은 같은 생김새, 같은 가치관을 가지고 있는 사람과 공감하며 사는 것이 최고의 행복이라는 것을 깨닫게 되었다. 우리는 홀로 살수 없는 존재이다. 더불어 살아간다. 때로는 협력하고, 하지만, 때로는 경쟁관계로, 서로 대립한다.

오늘 나는 병원을 수익이 나는 구조로 유지, 관리해야 한다. 또한, 환자에게는 실력과 인자함을 지니며, 병원에서의 직원들 간의 유대감도 유지해야 될 책무를 진다. 더불어, 가정에서는 인자하고, 아내에게는 매력적인 남자로 남아 있고 싶다. 오늘도 소심하게 책을 들여다보며 모험을 꿈꾼다. 하지만, 나의 대인관계 미숙함은 선천적인 듯하다. C. G. 융이 말한 성격유형으로 따진다면, 지독하게 내성적인 성격의 소유자이다. 대인관계에서 미숙함의 시간은 오래 전으로 거슬러 올라간다. 초등학교 시절, 학교에서는 '퇴비 증산' 활동을 마을별로 나누어 단위별로 임무를 정했다. 안 골에서는 내가 책임자로 정해졌는데, 아무도 따르지 않는 상태에서 나 홀로 풀을 베었던 기억이 난다. 중학교 시절 나를 괴롭히는 아이가 있었다. 다른 반 학생이었지만, 휴식 시간이면 찾아왔다. 나를 괴롭혔다. 어떤 아이는 때로 싸움을 붙이기도 하고, 나는 작은 키에 체격도 왜소하다. 소위 '만만해 보이는' 학생이었다. 어느 골목에서는 소위 학교주먹에게 이유 없이 매를 맞아 보았다. 이날의 상처는 오랫동안 아물지 않은 상처로 남았다. 중학교 시절을 그렇게 보냈다. 성인이 되어, 군 생활도 역시나 어려웠다. 계룡대 의무과장으로 있을 때, 과원은 과장인 나에게 사석에서 반말을 하며 나에게 상처를 주었고, 계룡대 등산을 하는 중에 따르지 않는 과원들에게 적지 않게 상처를 받았다. 영관 계급장을 달고, 지휘관의 역할을 수행하였지만 역시, 나에게는 맞지 않았다. 전역 때가 다가오면 근무에 충실하지 못한 군의관이 있게 마련이었다. 식사를 제안해, 자리에 나가 보면, 지휘관인 나에게 복무 규칙을 넘어, 자유시간을 허락하라는 말을 하는 자리였다. 인자한 지휘관이 되고자 했던 나는 괴로웠다. 수련과정 중의 일도 떠오른다. 수련동기 결혼식에서의 축가를 부르고, 엉뚱한 행동이라는 스스로의 평가로 수년 동안 괴로워하며 혼잣말을 해야 했다. 최근에는 외 조카 결혼식에서 조카에게 어이없는 말실수로 수년을 혼잣말을 하며 괴로워한다.

하지만, 현재 나의 생활을 살펴보면 아이러니하게도 미숙함과는 정반대의 삶을 살고 있는 듯하다. 나이 50쯤 나는 천천히, 나를 괴롭혔던 마음속의 굴레를 벗기 시작했다. 장점이라고는 도대체 없고, 단지 긍정의 마음가짐만이 나의 가장 큰 자산이었다. 항상 대인관계의 미숙함을 노력으로 고쳐 보려 하였지만, 완전히 바뀌는 것은 아니었다. 그렇게 괴로웠지만, 포기만은 없었다. 극복의 자세, 바꿔 보려는 의지만은 유지하며 그때그때 주어진 임무에 최선을 다하였는데, 어느 순간에 다다르니, 미숙함은 단지 나의 작은 결함에 불과하였고 아주 작은 단점이라는 것을 알게 되었다. 열심히 삶에 충실하다 보면 세상에는 참으로 다양한 가치가 있고 사람에게도 각자 다양한 능력이 있다는 것을 알게 되나 보다. 성장과정 어디에선가 변화의 시기가 다가오나 보다.

1970년대, 경기도 광주 안골, 당시 마을에는 1968년생 아이들로 넘쳤다. 조그마한 마을에 같은 학년 남자아이 종준, 태균, 성식, 삼선, 재석, 나, 여자아이는 미애, 창희, 모두 8명이었다. 수년 전부터, 경기도 광주의 초등학교, 중학교 어린 시절 함께했던 친구들을 만나기 시작했다. 성남시의 송림고등학교 친구들과도 얼마 전 부부동반 모임을 하였다. 대학교 친구들과도 정기적인 모임을 하고 있다. 오랜 군 생활에서 만났던 군의관 동료들과도 지금 학술 모임을 이어 가고 있다. 돌이켜 보면 내가 타인을 먼저 생각하고 배려의 마음에서 출발했던, 미숙함에서 오는 고통에 보답받는 선물이 아닐까 하는 생각도 해 본다. 나는 순간순간 영리하지 못했고, 그래서 괴로웠나 보다. 하지만, 우리는 서로의 관계에서 그리 철저할 필요는 없는 듯하다. **나의 허점과 부족함은 사람 간의 관계에서 오히려 영양소가 되어 주었다.** 나는 그들과 함께 있어 오늘도 행복하다.

과거 군대 지휘관으로 일을 하며 나에게 책임이 맡겨진 부대 통제에 대한 고민을 하며 《군주론》을 읽었던 기억이 있다. 지휘관이었지만, 오히려 부하 대원에게 상처받았을 때였던 것으로 기억한다. 하지만, 마키아벨리가 얘기하는 군주의 덕목을 따라 하기에는 나에게 너무도 벅차 보였고 감히 흉내조차 낼 수 없었다. 그것은 나의 타고난 심성의 한계였고 지휘관으로서는 적합치 않는 사람이라 스스로 자책했다.

19 《군주론》

니콜로 마키아벨리, 강정인·김경희 옮김, 까치글방, 2015.

어떤 모임이건 집단의 책임자가 되어 조직을 이끌려 할 때, 우리는 직원에 대해 인자함만으로는 부족하다는 것을 금방 알게 된다. 좋은 리더, 사랑받고 싶은 리더가 되고 싶은 건 누구나 마찬가지이다. 그러나 사람 마음은 나와 같지 않은지라 공포정치가 필요한 순간이 오고야 만다. 또한 그저 인기 많은 리더가 된다는 것은 조직을 위해서도 최선이 아니다. 마키아벨리는 말한다. 인간이란 은혜를 모르고 변덕스러운 존재이다. 위선과 기만에 능하며 본능적으로 위협을 피하려 하며 조그마한 이익에도 눈이 어둡다. 인간은 선한 존재가 아니라 악하고 이기적일 수 있는 존재이다. 따라서, 군주는 야누스의 얼굴을 가져야 한다. 즉, 교활한 여우의 모습과 사자의 야만적인 모습을 동시에 갖추어야 한다. 조직의 책임자는 사랑받으면서 동시에 공포의 대상이 된다면 금상첨화이겠지만, 실제로는 불가능하다. 그러니 둘 중 하나를 택해야 한다면 차라리 공포의 대상이 되어야 한다.

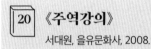

20 《주역강의》

서대원, 을유문화사, 2008.

《주역》은 괘를 통해 길운을 점쳐 보는 책으로 알려져 있다. 하지만 미래는 정해져 있는 것이 아니라 점을 치는 나의 마음에 달려 있는 것이다. 《주역》은 끊임없이 변화하는 세계의 원리를 풀어내어, 우주 만물의 자연적 질서를 우리에게 알려 주는 것이다. 우주와 인간, 신에 대한 광대하고도 심오한 철학을 바탕으로 구체적인 삶의 지혜와 기술들을 수천 가지의 상황을 예로 들어 설명하고 있다. 주역은 역술서가 아닌 도덕과 인생을 생각하게 하는 철학책이다. 말하자면 인간이 처할 수 있는 모든 삶의 상황들을 설정하고, 이에 대해 타개책을 비의로써 기술한 실용적 비서이다. 동서양이 다르지 않은데, 마키아벨리의 《군주론》의 내용을 떠올리게 하는 부분이 눈에 띄어 적어 본다.

45번째 궤, 췌(萃). 이익집단의 통솔에 필요한 현실적인 전술을 제시한다. 리더와 무리 사이에는 믿음과 신뢰보다는, 무리를 통치하는 데 필요한 위계질서를 강조한다. 즉, 집단의 유지와 결속을 위해서는 위계질서가 제일 중요하고, 서로 간의 믿음은 있으나 없으나 크게 상관할 일이 아니다.

혼자 있다는 것, 외로움의 지독한 아픔을 벗어나기 위한 고민으로 괴로워했던 순간을 떠올려 본다. 내가 원하는 사람을 '내 사람'이 되도록 유혹할 수 있다면⋯.

 《유혹의 기술》
로버트 그린, 강미경 옮김, 웅진지식하우스, 2012.

"세상의 많은 일들은 상대를 유혹하는 일과 상대를 중독시키는 일과 관련되어 있다." 작가는 인간관계를 지배하며 욕망과 권력을 추구하는 인간심리를 다룬다. 상대를 유혹하려고 하는 자(유혹자)는 결코 자기도취에 빠지지 않아야 하며, 항상 상대방의 생각을 읽으려 노력해야 한다. 또한, 유혹자는 삶을 극장으로 보고, 사람을 배우로 생각한다. 즉, 자기는 스스로 어떤 모습으로든 변신할 수 있고, 스스로 많은 역할을 할 수 있다고 믿어야 한다. 이미 우리는 각자가 스스로 나름의 매력을 가지고 있다. 먼저, 우리는 자신의 매력을 찾아내야 한다. 자신의 어떤 점이 사람들을 유혹할 수 있는지를 우선 파악하라. 작가는 사람에 따른 매력 또는 장점을 아홉 가지 유형으로 나누었다. 이 중에서 나는 어떤 매력을 가지고 있는가?

지피지기면 백전백승! 나를 알았다면, 이제 유혹할 목표물을 파악하고, 실행 전술과 전략에 대해 알아보자. 첫 번째, 상대의 욕망을 파악하고, 상대의 마음을 사로잡아라. 삶에 불만을 느끼는 대상은 훌륭한 유혹의 대상이다. 처음에는 절대로 유혹자의 분위기를 풍기면 안 된다. 두 번째, 상대를 혼란과 고립 속으로 몰아넣는 법. 상대에게 즐거움과 혼돈을 교차시켜서 상대에게 접근한다. 즉, 예측 불가의 행동으로 호기심을 유발한다. 상대에게 자신을 읽히는 순간, 그들에게 걸어 둔 주문은 모두 깨지고 만다. 그때부터 주도권이 상대의 손으로 넘어가게 된다. 사람들은 자신의 생과 욕망에 사로잡혀 있기 때문에 다른 사람의 이야기를 들으려 하지 않는다. 그들이 귀를 기울이게 하려면, 그들이 원하는 것, 그들을 즐겁게 만들 수 있는 이야기를 해 주어야 한다. 환상을 자극하는 최면술사의 언어를 사용하라. 세 번째, 상대를 빠져나가지 못하게 하는 법. 아무도 흉내 낼 수 없는 일을 할 경우, 사람들은 그런 모습에 감동한다. 사람들은 대부분 유혹받기를 원하지만, 나의 동기나 진의를 항상 의심한다는 사실을 잊지 않아야 한다. 네 번째, 상대에게 최후의 일격을 가하는 법, 유혹하되 유혹당하는 것처럼 행동해야 한다. 내가 공격자라는 인식이 박히면 상대는 주춤한다. 그 상태로는 유혹이 이루어질 수 없다.

나를 넘어 민족과 인류를 위해 몸을 던졌던 위대한 인물들을 떠올려 본다. 조국의 독립을 꿈꾸던 김구는 언제 닥칠지 모르는 자신의 죽음의 위험을 감지하고는 멀리 타국에서 아들들에게 유서,《백범일지》를 남긴다. 지금 성인이 된 아이들에게 쓰고 있는 나를 생각하고, 당시 어린 자식에게 글을 쓰는 김구 선생의 심정을 떠올려 보니 눈물이 난다.《나의 생애와 사상(물과 원시림 사이에서)》, 모두가 세속적 이득을 위해 치열한 경쟁을 벌이는 현대 사회에서 진정한 삶의 의미가 무엇인지를 생각하게 해 준다. 인류공영, 인류봉사의 의미를 떠올려 본다.

22 《백범일지》
김구, 범우사, 1984.

김구 선생님은 임시정부가 만들어진다는 소식을 듣는다. 그곳에 몸을 담기로 결심하고 1919년, 44세의 나이로 상해로 향하다. 상해로 모여든 청년들을 중심으로 그곳에서 정부조직을 만든다. 이것이 바로 '대한민국 임시정부'이다. 임시정부는 무기와 재정적 빈곤으로 인해, '의거'만이 유일한 독립을 위한 길이라 판단하고 실행한다. 대표적 인물이 이봉창, 윤봉길 의사이다. 1932년 4월 29일, 상해 홍구공원에서의 윤봉길 의사의 의거를 맞아, 신상의 위험을 감지한 김구 선생님은 언제 닥칠지 모르는 죽음 앞에서 아들들에게 유서, 글을 남긴다.

"아비는 이제 너희가 있는 고향에서 수륙 5000리나 떨어진 먼 나라에서 이글을 쓰고 있다. 너희가 아직 나이 어리기 때문에 직접 말하지 못하는 것이 유감이지만 어디 세상사가 뜻과 같이 되느냐. 내 나이 벌써 쉰셋이지만 너희는 이제 겨우 열살과 일곱 살밖에 안 되었으니 너희의 나이와 지식이 자랐을 때에는 내 정신과 기력은 벌써 쇠할 뿐 아니라, 이 몸은 이미 원수 왜(倭)에게 선전포고를 내리고 지금 사선에 서 있으니, 내 목숨을 어찌 믿어 너희가 자라서 면대하여 말할 수 있을 날을 기다리겠느냐." 〈김구, 《백범일지》, 범우사〉

23 《나의 생애와 사상(물과 원시림 사이에서)》
A. 슈바이처, 지경자 옮김, 홍신문화사, 1990.

물과 원시림 사이는 슈바이처의 아프리카에서의 경험과 생각을 쉽고 짧은 글로 표현하고 있다. 아프리카 원주민과의 밀접하게 접촉하는 과정에서 다양한 인류학적 에피소드로 구성되어 있다. 슈바이처는 생각했다. "서른 살이 될 때까지는 학문과 예술에 전념하고, 그 이후에는 인류에 봉사하는 길을 택하리라." 그는 현재의 행복을 당연한 것으로 받아들이지 않았다. 불행한 사람들에게 그도 무엇인가 도움을 주어야 한다고 생각했다. 독일 스트라스부르 대학 신학과의 젊은 교수였던 알베르트 슈바이처는 서른 살이 되던 1905년 교수직을 그만두고 의학공부를 시작한다. 입학하여 7년 후에 의사가 된 그는 모든 것을 버리고 아프리카의 원시림으로 떠나 의료봉사에 전 생애를 바친다. 1913년 그의 아내 헬레네 블레슬라우와 아프리카로 떠난다. 목적지는 지금의 가봉공화국이었다. 매일매일 연속되는 열대지역에 도사리고 있는 위험과 현장의 급박함, 더군다나 물질적인 궁핍함 속에서도 활동을 이어간다. 질병의 치료가 의료활동의 중심 과제였지만, 현장에서는 이외에도 피부병·말라리아·나병·코끼리피부병·열대성 이질 등 각종 질환이 유행했다. 치료를 방치하거나 늦어지면 많은 이들이 죽음에 이를 수밖에 없었다. 슈바이처는 풍토적 특수성과 지리적 한계를 극복하고 부족한 치료약과 의료물자를 구하기 위해 최선의 노력을 기울였다. 1965년 90세를 일기로 세상을 뜰 때까지 강연과 모금활동을 위해 유럽을 잠깐씩 다녀온 것을 빼고는 아프리카를 떠나지 않았다.

윤리

금일, 진료가 끝나갈 무렵, 접수실의 전화기가 울립니다. 병원이 조용하므로 통화의 내용은 저 너머에서 의지없이 들려옵니다. 멀리서 오는 환자 관련 전화로, 금일 반드시 진료를 받아야겠다는 내용인 듯… 접수 직원은 "10분 전까지는 반드시 도착해야 합니다!"라는 다짐을 받고 수화기를 내려놓습니다. 나를 포함, 병원 탈출?을 기다리던 우리에게 조금의 실망감이 밀려옵니다. 얼마가 지났을까? 정확히 6시 50분에 기다리던? 환자가 도착했나 봅니다.

진료실로 들어오는 보호자, 어머니와 환자는 6세

남짓 남자 아이로 유모차에 누워 있습니다. 기록을 보니 1년 전 습진성병변으로 내원한 기록이 확인됩니다. 보통 동일 계절에는 유사한 질환으로 찾아오므로, 가벼운 마음으로 재빨리? 진료를 마쳐야겠다는 생각으로 병변 부위를 보호자에게 물어보았습니다. 기저귀 부위를 가리키는 환자의 어머니에게 다급히? 병변을 보자며 협조를 구합니다. 하지만, 이때… 누워 있는 아이의 목에 '기관지절개술' 부위로 호흡을 위한 튜브가 끼워진 상황을 파악하고는 잠시 멈칫… 상황을 다시 한번 파악해 보아야 한다는 판단이 섭니다. 유모차 전면에는 산소포화도와 심박을 나타내는 모니터가 내는 소리가, 아이의 숨소리만큼이나 작게 들려 오고…. 유모차의 아래에는 산소통이 있다고 합니다. 수개월전 '심정지 상황'을 시작으로 모든 일이 벌어졌다고 어머니는 설명합니다. 오늘은 수원의 대학병원에 다녀오는 길이라 하였습니다. 조금 전, 수원에서 안중의 집으로 내려오는 길에 피부과에 전화를 한 상황이었나 봅니다.

순간 나의 머릿속에는 30대 어머니에게 앞으로

의 펼쳐질 일들이 파노라마처럼 스쳐 갑니다. 앞으로, 아이의 치료를 위해 들여야 하는 어머니의 노고와 길고도 고될 시간, 가족의 경제적인 부담, 치료가 좋더라도 아이에게 남을 후유증 등의 상상들로 머리가 복잡해집니다. 하지만, 이와는 대조적으로, 지금까지의 상황을 말하는 어머니의 음성과 제스처는 애써 편안해 보이려 합니다. 피할 수 없고, 받아들일 수밖에 없는 지금의 상황에서는, 이러한 태도는 오히려 자연스러웠습니다.

그간, 외부의 여러 병원을 다녔을 아이의 진단은, '기저귀 발진'에서, '진균 감염'으로, 오늘에 와서야, '세균 감염'으로 진단되었을 것입니다. 오늘, 반드시, 우리 병원에 와야 할 이유였을 것입니다. 나와 어머니와의 대화를 엿듣는 사이, 나를 포함 우리 간호직원 모두 퇴근 시간의 생각은 모두 사라진 것 같습니다. 피부과는 평소, 예정된 퇴근 시간이 다가오면 내쫓는? 원장 덕분에 모두 달리기를, 총총걸음으로 퇴근을 합니다. 하지만, 오늘은 모두 서두르지 않고 걸어서 퇴근을 하였습니다.

내일은 모두 감사의 마음으로 진료를 시작할 수
있을 것 같습니다.

2019. 11. 4. (월), 진료실에서.

나는 대부분의 시간을 진료실에서 보낸다. 치열한 삶의
현장이다. 오늘도 사연과 만나고, 판단의 고민에 빠진다.
나에게는 주어진 일이 있다. 많게는 100명이 넘는 환자를
진료하며, 올바른 판단에 따른 진단, 처치와 처방을 해야
한다. 직원 들과의 사이는 신뢰를 유지해야 하고, 진료를
할 때면, 환자를 따뜻한 마음과 미소로 대해야 한다. 또한,
병원의 수익구조를 흑자로 관리해야 하고, 혹시 모를 의료
사고에 긴장을 늦추어서도 안 된다. 오늘도 어떤 환자는 처
방한 약에 대한 부작용을 의심의 눈초리로 바라본다. 운이
좋지 않다면, 언젠가 많은 시간과 경제적 손실을 감수해야
할 것이다. 문제가 생긴다면 홀로 오직 내 몸으로 대처해야
한다는 것을 알고 있다. 누구도 도움을 주지 못할 것이다.
미용치료를 할 때면, 효과가 없다며 환불을 요구하며 진료
실에 진을 칠 것이다.

진료실은 두 가지 상반되는 가치의 추구가 충돌하는 공

간이다. 진료를 통한 봉사의 가치와 경제활동을 통한 이익 추구의 가치가, 공존하기도 하며 때로는 부딪힌다. 나는 피부과 의사, 국가의 피부과 의사 독점적 지위의 인정과, 이에 따른 높은 수익은 정당한가? 나는 진정 오늘 나를 찾은 환자들과 공감하며 성심껏 최선을 다했던가? 하지만, 인터넷 댓글에는 나에 대한 안 좋은 이야기가 있다. 일부는 누군가의 의도를 가진 글도 있겠지만, 신경이 쓰이는 것은 어쩔 수 없다. 진료 시간 나는 그에게 고통을 안겼을 것이다. 나의 진료행위는 적절했던가?

오늘도 나는 윤리적 판단 문제의 파도에 흔들린다.

찬란한 50대, 나는 대부분의 시간을 진료실에서 보낸다. 좁은 공간안에서의 삶이지만, 그 많은 시간 중에 가장 행복한 순간은 언제인가를 스스로 질문해 본다. 물론 인간이란 경제적 구속으로부터 자유로울 수 없다지만, 역시 행복한 순간은 만족할 만한 치료의 성과로 나를 찾은 환자분과 웃는 얼굴로 공감하는 시간이라는 것은 의문의 여지가 없을 듯하다. 오늘도 고단했던 진료실에서의 하루를 마무리하며, "나는 오늘 존재하였는가?" 스스로 질문을 던져 본다. 《소유냐 존재냐》에서는 같이하는, 나누는 삶이 우리에게 어떤 가치가 있는지를 일깨워 준다.

24 《소유냐 존재냐》
에리히 프롬, 차경아 옮김, 까치글방, 1996.

우리의 삶의 방식에는 두가지 양식이 있다고 프롬은 이야기를 시작한다. 인간 삶의 방식을 〈소유의 양식, Having mode〉과 〈존재의 양식, Being mode〉으로 구별하여 고찰한다. 존재한다는 것은 무엇일까? 그리고 어떻게 존재할 수 있을까? 존재적 인간은 다음과 같은 질문을 자신에게 할 것이다. 나의 가치관은 무엇이고 인생의 어떤 지향점을 가지고 있는가? 나는 인생의 가치를 어디에 두고 있는가? '존재양식'에서의 행복은 '사랑', '공유', '타인과 나눔' 속에 있다. 그것은 자신을 증대시키는 생산적인 행위이다. '소유양식'은 남보다 많이 갖고, 정복하고 타인의 것을 빼앗

책과 함께

고자 하는 마음의 양식이다. 우리가 소유하고자 하는 것은 '부', '권력', '명예' 같은 것이 있겠다. 소유의 양식은 현대 산업사회, 특히 극도로 발달한 자본주의 사회에 있어서의 주도적인 존재 양식인데, 이러한 삶의 태도에서 현대 사회의 모든 해악이 기인된다. 결과적으로 사회적으로는 끝없는 생산과 끝없는 소비의 악순환을 초래한다. 현대인은 소비하고 소유함으로써 자신의 존재를 확인하려 하는 것이다. 저자는 물신주의를 조장하는 현대사회를 기만적 소비사회로 정의했으며, 인간의 여러 악덕은 사회 조건을 개혁함으로써 감소시킬 수 있다고 주장한다. 새로운 인간이란 소유의 양식을 자진하여 포기하려는 의지를 가지고 밀접한 관계를 통한 서로의 관심과 사랑, 주변세계와의 연대에 대한 의지를 가진다. 스스로 완전한 독립성을 갖고 베풀고 나누려는 태도로 모든 생명에 대한 사랑을 가진다. 인류가 생존을 계속하며 평화와 안녕을 되찾는 길은 우리 인간성의 구조를 '소유지향'에서 '존재양식'으로 전환하는 길밖에 없다.

지나친 비약일까? 환자와 의사의 관계는 '받는 자'와 '베풀어야 하는 자'의 관계로 사회적인 입장이 통상적으로 정리되는 듯하며 나도 은연중에 그렇게 받아들이고 있다. 《도덕의 계보》에서는 내가 오늘 괴로워했던 양심의 소리의 근원에 대해, 나아가 당연하게 받아들이는 도덕적 판단기준에 대해 고민해 본다.

25 《도덕의 계보, 이 사람을 보라》
프리드리히 니체, 김태현 옮김, 청하, 1987.

우리는 스스로의 행동을 좋고, 나쁨으로 판단하고 그리고 서로를 평가하며 살아간다. 그런데, 그 판단의 도덕적 기준을 우리는 어떻게 가지게 되었을까? 그것은 불변의 진리일까? 도대체, 우리의 '옳고 그름의 판단 기준'은 어떻게 만들어졌을까? 니체는 어떤 조건하에서 인간은 선과 악이라는 도덕적 가치판단을 갖게 되는가를 역사적으로 탐구한다. 통상적이어서 의문이 제기되지 않는 도덕적평가, 도덕적현상, 도덕적 이상이 어떻게 그 나쁜 혹은 어두운 모습을 지니게 되었는가를 보여 준다. 사람들은 선 과 악, 양심과 동정심 같은 도덕적 가치들이 그 자체로 이미 존재하는 것이라고 생각하지만, 그와 반대로 실제로는 그 가치들은 역사적으로 형성된 것이다. 사람들이 신봉하는 도덕적 가치관이란 것은 고귀한 도덕을 가진 귀족에 대한 기독교적 노예의 반감에서 시작되었고 만들어졌을 뿐이다. 인간은 오직 자신에게 실리적으로 유용한 것, 이득이 되는 것을 도덕적인 것으로 받아들이는 것뿐이다.

"가련한 자만이 선한 자이고, 가난한 자, 무력한 자, 비천한 자만이 선한 자이며, 괴로워하는 자, 빼앗긴 자, 병든 자, 추한 자만이 경건한 자이며, 신에 의해 사랑받는 자이며, 축복은 그들에게만 있다. 그리고 너희, 강력하고 고귀한 자는 이와 반대로 영원히 사악한 자, 잔인한 자, 탐욕스러운 자, 음험한 자, 신에 거슬리는 자다. 뿐만 아니라 너희는 영원히 축복받지 못하는 자, 저주받을 자, 멸망한 자이니라!"〈프리드리히 니체,《도덕의 계보/ 이 사람을 보라》, 청하〉

오늘도 우리는 옳고 그름, 가치 판단의 문제와 부딪친다. 그리고 나를 고민에 빠뜨린다. 나 개인의 가치와 우리 사회, 공동체 사이의 갈등일 것이다. 개원의 사로서 경험한 '2020년 의사 파업' 기간은 나에게 큰 고민의 시간이었다.《도덕적인간과 비도덕사회》에서는 우리가 집단주의적 사고의 프레임에 갇혀 판단할 때 우리의 선한 의지는 어떤 입장을 가지게 되는지 생각케 해 준다.

나는 오늘도 평택시의 시민으로서 주어진 책임을 다하고 있다. 오늘 2021년 의사의 직업을 가졌기에 나는 사회적 이슈의 한복판에 서있다. 아마도 의사라는 특정 직업이 이토록 사회적 관심의 한가운데로 던져졌던 시기는 없었으리라. 오늘도 '같이하는 삶'에 대해 고민해 본다. 나에게 좋다면 상대에게는 어떨까? 상대, 공동체에 좋다면, 나 에게도 좋은가? 옳은 것, 과연 '정의' 란 무엇인가? 샌델은《정의란 무엇인가》에서 고민의 해결을 위한 사고의 틀을 마련해 주는 '공리주의', 그리고 '자유주의'와 '공동체주의'에 대해 설명해 준다. 그리고 공화주의적 결론에 이르러서는 우리들에게 '정의'란 무엇인가에 대한 질문과 과제를 던진다.

26 《도덕적 인간과 비도덕 사회》

라인홀드 니버, 이한우 옮김, 문예출판사, 2017.

니버는 인간의 본성과 인간 집단이 이루는 사회의 본질에 대해 탐구한다. 우리에게 정치적 의견이나 성향이 있다면 그것은 정의롭고 옳은 것인가? 개인적으로는 도덕적이지만 무리를 이루는 순간 우리의 견해와 입장은 어떻게 타인의 영향을 받는가? 인간은 개인적 관계에서는 이해관계를 초월하여 동료의 이익을 충분히 상상하고 공감할 수 있다. 하지만 집단 간의 문제가 될 경우 정신과 상상력은 한계를 가질 뿐 아니라, 집단 고유의 응집력 때문에 충성심은 오직 자신의 집단으로만 향하게 된다. 또한 가족의 범위를 넘어서는 큰 사회집단, 즉 공동체, 계급, 인종, 민족 등은 더욱 강력한 충성심을 요구한다. 개인의 이타심과 희생정신은 사라지고, 자신이 속한 집단적 이익으로만 향할 뿐이를 넘어서기는 어렵다고 본다. 또 집단이 크면 클수록 그집단은 전체 인류에서 스스로를 더욱 이기적으로 만드는데, 그 속에서 개인은 집단의 의지를 반성하거나 바로잡기가 매우 어려워질 수밖에 없다.

나아가, 현대 사회에서 가장 중요하면서도 집단의 이기심과 비도덕성을 보여 주는 사례가 민족국가라고 본다. 민족이란 영토를 바탕으로 한 집단이기 때문에 민족감정과 국가권위에 기반을 둔다. 니버는 민족의 이기성을 여러 사례를 들어 강조한다. 모든 국가는 다른 나라를 침략, 전쟁을 치르고서라도 자신들의 이익을 관철하려 한다고 주장한다. 민족과 국가의 이기심이 일반 대중의 맹목적인 애국심과 정서, 그리고 국가를 지배하는 경제적, 문화적 지배계급의 이기심과 합쳐져 더욱 강화된다고 본다. 즉 지배계급은 정부를 장악하고 자신의 이해를 최대한 관철하기 위해 국민의 행동과 정신을 통일시키고, 합리적 지성보다는 감정적으로 자극하여 집단의 이기심을 부추긴다. 결국, 모든 문제는 인간 사회의 비도덕성으로 귀결되며, 이는 정치 세계의 문제와 직결된다. 우리는 사회 계급간의 문제를 해결하지 않으면 불평등과 부정의의 문제를 해결할 수 없다. 계급간 투쟁이나 사회 시스템의 변환을 통한 문제 해결도 중요하지만 이와 더불어 인간 집단 간의 갈등을 정치적으로 해결해야 하며, 이 과정에서 폭력을 포함한 강제력의 사용도 불가피할 수도 있다는 점을 역설한다. 무력과 강제력을 사용할 수밖에 없는 것은 우리의 한계인가? 하지만, 이 과정에서도 정의를 위해 지속적으로 노력하는 것이 우리가 가질 수 있는 희망일 것이다.

27 《정의란 무엇인가》
마이클 샌델, 김명철 옮김, 미래엔, 2014.

저자, 샌델 교수가 중요시하는 공화주의적 덕성을 갖춘 시민이란, 다원적 세계에서 복합적 정체성을 갖고 살아가는 법을 아는 사람이고, 현실에 대해 공감할 수 있는 사람이며, 남과 대화를 통해 의견을 함께 형성할 줄 아는 사람이다.

다시 말하면 다음의 세 가지 요건을 종합적으로 아우르는 능력의 소유자이어야 한다. 첫째, 철학적 원리, 즉 우리가 살아가는 데 의존할 여러 도덕적 원리를 터득하는 것이다. 예를 들어, 우리가 살고 있는 자본주의 사회의 기본원리인 '공리주의'는 옳고 절대적인 것인가? 하지만, 이에 대한 비판은 오히려 현대 자본주의 사회가 가진 문제점에 대한 근본적인 반성을 요구할 뿐이었다. 그렇다면, 정의의 보편적 원리로 제시된, 칸트가 말한 '정언 명법'이나 존 롤스의 '정의의 원칙'들에 대해서 생각해 보자. 또한 이것은, 모든 상황에 적용될 수 있는 보편적 원리로 존재할 수 있는 것인가? 둘째, 그 원리가 적용될 상황을 적절하게 이해하는 것도 마찬가지로 중요하다. 즉 특수한 상황에 대한 제대로 된 이해가 필요하다. 주어진 특정 상황을 제대로 이해하지 못하면 아무리 좋은 원리라도 제대로 적용할 수 없고, 따라서 좋은 판단과 실천은 불가능하게 되기 때문이다. 이와 더불어, 셋째, 다양한 사람들의 입장과 관점에 대한 고려가 필요하다. 그 상황에 임한 다양한 사람들의 입장과 관점의 차이를 살피는 것이 중요하다. 왜냐하면 주어진 상황에 대해 모든 사람이 중립적으로 접근하는 것이 아니라, 모두는 각자 자신의 철학, 문화, 종교의 옷을 입고 나타나기 때문이다. 물론 상황의 해석과 사람의 다양성에만 얽혀서는 문제가 해결되지 않는다.

환경

조금 전 안중읍의 농로를 따라 산책을 다녀왔다. 벼가 익어 가는 풍요로운 계절이 왔다. 하지만, 수로를 보는 순간 왠지 스산한 느낌을 떨칠 수 없다. 어린 시절 풍경과 무언가 다름이 있다. 물속에는 어떤 생명의 느낌도 찾을 수 없다. 비가 온 뒤, 이때 즈음이면 수로에 넘쳤던, 개구리, 미꾸라지, 우렁이, 들판을 뛰어다니던 메뚜기가 모두 사라졌다. 더욱 놀라운 것은 불과 30년 사이에 이 모든 변화가 일어났다는 사실이다.

어린 시절, 경기도 광주 경안리, 안골 마을에는 공동 우물이 있었다. 생수, 물을 사 먹는다는 것은 상상할 수도 없었다. 논에는 개구리, 우렁이, 미꾸라지가 넘쳐났다. 가을 밤은 개구리의 울음소리에 온 마을이 잠길 정도로 시끄러웠다. 우리 집 마당에는 포도나무가 있었다. 포도나무 벌레는 포도알만큼이나 통통하였다.

오늘 지구는 뜨거워지고 기후·환경 변화 속도는 더해간다. 올해 장마는 한달 넘게 이어졌다. 결과로, 벼 이삭은 쭉정이가 많고, 야채는 사라졌고, 과일은 당도가 떨어졌다. 이제 플라스틱에 담긴 생수를 사 먹고, 논의 개구리와 미꾸라지는 자취를 감추었다. 공기는 미세먼지로 오염되어 공기청정기를 돌려야 한다. 이 모든 것이 불과 30년, 길게 봐도 40년 간의 변화이다. 우리의 선조들은 수백, 수천 년간 겪었을 일일 것이다.

수만 년 동안 일정하게 유지된 지구의 온도, 환경에 최적화된 바이러스, 세균, 인류를 포함한 동물, 식물은 지구 환경에 적응하며 발생, 유지되고 있었다. 하지만, 기온이 상승, 환경은 파괴되고 변화하면서 이에 적응한 새로운, 인류에게 생소한, 생명체는 번성하게 마련이다. COVID-19도 자연 파괴, 넘치는 인구와 빈번한 이동을 포함한 환경 변화의 영향으로, 동물에서 인간으로, 활동영역을 넓힌 바이러스이다. 기후변화, 자연파괴, 쌓이는 폐기물과 같은 지구의 환경변화로 인류에게 생소한 질병은 계속 발생한다. 메르스(MERS), 사스(SARS), 조류독감(AI), 에볼라(Ebola), 에이즈(AIDS), 돼지열병(ASF), 그리고 앞으로도 계속되어 발생될 신종 전염병을 예상하며, 우리의 평범한 일상은 지속되지 않을 수 있다는 것을 알게 된다. 맑은 공기를 숨 쉬고, 오염되지 않은 음식을 먹으며 지내는 지금의 일상이 마냥 지속되는 것은 아니라는 것을 알았다. 자본주의 경제는 무한한 생산과 넘치는 소비를 부추긴다. 과도한 소비는 죄악이다. 하지만, 인류는 돌아갈 수 없는 길을 와 버렸나? 어렴풋이 인류가 과거의 소비형태로 돌아가는 것은 더욱 불가능하다는 것을 우리는 알고 있다. 인류는 스스로 '통제속의 생활'에 취약한 욕망의 존재이다. 앞으로 재앙이 온다면, 코로나와 같이 전혀 예상하지 못하고 인류가 감당하지 못할 수준의 것이리라. 가볍게 여겨졌던 지구 환경은 우리가 소중히 지켜야 할 것이었다.

우리는 북극곰 먹거리의 문제를 들으면 잠시 연민을 느꼈다가도 얼마 후 잊는다. 하지만, 다음의 닥쳐올 위기는 나의 식량위기의 문제이다. **토픽을 장식하는 어떤 멸종**

동물의 문제가 아니고 다음으로 사라질 위기는 인류의 문명일 것이다.

28 《엔트로피》
제레미 리프킨, 이창희 옮김, 세종연구원, 2000.

리프킨은 '열역학법칙'이라는 물리학의 개념을 사회과학으로 그 범위를 넓혀 현대 물질문명을 비판한다. 인류가 당면하고 있는 문제들인 자원고갈, 폭발적인 인구증가와 식량 및 식수 부족, 환경오염과 지구 온난화에 따른 기후변화, 생태계 파괴 등의 근본적인 원인은 기계적 세계관에 기초한 현재 산업사회의 발전지상주의에 있음을 지적한다.

'열역학 제1법칙'에 따르면 우주 안의 모든 물질과 에너지는 불변하여 총량은 언제나 보존된다. 창조되지도 않고 파괴되지도 않는다. 단지 열에너지, 역학적에너지, 화학적에너지 등으로 그 형태만 바뀔 뿐이다. '엔트로피 법칙(열역학 제2법칙)'에 따르면 모든 물질과 에너지는 질서 상태에서 무질서의 상태로 변화한다. 여기서 무질서의 정도를 나타내는 지표가 엔트로피이다. 고립계의 엔트로피는 자발적인 과정에서 항상 증가하는 방향으로만 변화함을 의미한다. 여기서 저자는 엔트로피 법칙을 유용한 에너지가 감소하고 사용 불가능한 에너지가 증가하는 것으로 이해한다. 예를 들어, 석탄 한 조각을 태우면 태우기 전과 후의 에너지 총량은 같겠지만, 일부는 아황산가스와 기타 기체로 바뀌어 대기 중으로 흩어진다. 이 과정에서 사라지는 에너지는 없지만, 이 석탄 한 조각의 유용한 에너지는 결국, 사용 불가능한 유해물질로 변하였고 다시 태워 같은 일을 하게 할 수는 없다. 즉, 질서 있는 상태에서 무질서한 상태로, 획득 가능한 상태에서 획득 불가능한 상태의 폐기물로 변한 것이다. 우리는 산업시대를 통하여 고에너지 환경을 지속한 결과 화석연료의 고갈과 환경오염, 기후변화의 심각한 위협에 직면하게 되었다. 엔트로피 법칙은 끊임없는 개발을 통한 무한한 물질적인 풍요의 추구에 근본적인 한계가 있음을 지적한다.

우리는 인류 역사상 매우 중요한 순간을 겪고 있다. 모든 유용한 에너지의 고갈과 환경변화로 인한 종말에 이를 것인가, 아니라면 혼돈의 시대로부터 인류는 새로운 질서로의 패러다임의 전환을 이룰 수 있을까? 리프킨은 이제 인류역사의 분수령에 있는 우리의 생존을 위해 엔트로피에 기초한 새로운 세계관을 받아들일 수밖에 없음을 말한다. 그렇다면 지속가능한 인류발전을 위한 세계관이란 무엇일까? 새로운 엔트로피 사회는 기존의 재생 불가능한 자원을 토대로 했던 과거의 에너지 환경으로부터 태양에너지를 포함한 재생 가능한 에너지원을 바탕으로 하는 새로운 환경으로 옮겨 가야 한다고 이야기한다. 앞으로 개인 및 제도적 변화가 사회 전반에서 이루어져야 한다.

건강

    나는 서울 노량진에서 재수생활을 하였다. 누님과 같이 생활을 하였는데, 당시 대학생인 큰누님도 어렸을 나이인데, 나의 도시락을 챙겼으니 그 은혜를 어찌 갚아야 할지 모르겠다. 답답한 마음을 달래려 학원 앞, 노량진 수산시장을 걸을 때면, 같이 있어 재수생의 불안한 마음을 다독여 주었던 것이 담배이다. 박하향의 '솔' 담배를 즐겨 하였다. 흡연을 시작하여 대학교 2학년까지 흡연을 하였다. 수년간 흡연을 하였지만 사실상 흡연 기간은 금연을 위한 기간이라 말할 수 있을 것이다. 수 없는 금연의 결심과 다시 시작하는 흡연의 반복이었다. 실로 흡연의 욕구는 의지만으로 극복하기는 어렵다고 생각된다. 나의 의지와는 상관없이 결국 심한 위장증상으로 담배는 피울 수 없게 되었다.

흡연 문제와 더불어 건강의 고민거리는 음주이다. 음주는 대학교 입학 후에 시작되었다. 음주의 욕구는 통제가 되지 않으며 지금도 나를 괴롭힌다. 금주의 선언은 금연만큼이나 잦았다. 흡연의 경우와 마찬가지로, 아마도 **몸이 더 이상 허락하지 않을 순간까지 음주는 계속될 것인가?**

29 《인간은 왜 병에 걸리는가》

R. 네스·G. 윌리엄즈, 최재천 옮김, 사이언스북스, 1999.

우리 몸은 구석기 시대에 이미 완성되었다. 오래전 이미 만들어진 우리의 몸과 지금 살아가는 현대 환경 간의 차이, 괴리에서 대부분의 질병은 발생한다. 우리는 왜 지금의 모습으로 설계되었는가에 대한 이유를 인류 진화의 역사에서 찾을 수 있다. 인간의 몸은 수백만 년 동안 아프리카 초원에서 소규모 집단을 이루어 수렵 채취 활동을 하던 생활에 적합하게 설계되었다. 하지만 문명의 역사가 1만 년 정도밖에 되지 않기 때문에 자연선택은 인간의 몸을 기름기가 많은 음식물, 자동차, 또는 인공조명, 중앙난방 등과 같은 것들에 적응하도록 설계할 수 있을 만큼 충분한 시간을 갖지 못했다. 이러한 우리 몸의 설계와 현대 환경 간 부조화의 결과로 많은 종류의 '현대병'들이 나타난다. 오래전 이미 만들어진 우리의 몸은 현대의 환경에 부적응 상태인 것이다. 인류가 대부분의 시간을 보냈던 과거를 떠올리며 오늘을 상상해 보자. "나는 식사를 마련하기 위해 열매를 따거나 땅을 파거나 사냥을 하거나 낚시하는 데 얼마나 많은 시간을 보냈는가? 조개 껍질을 까고 곡식을 갈고 짐승을 사냥하는 건 얼마나 많이 하였는가? 조리된 음식이었다면 장작을 모으고 불을 피우는 데 얼마나 많은 시간이 걸렸는가? 지난 24시간 동안 더워서 땀을 흘리거나 추워서 떤 시간은 얼마나 되는가?"

우리들 대부분은 '비만'이라는 고민거리를 가지고 있다. 비만은 외모의 문제를 유발할 뿐 아니라 건강에도 심각한 위협요인이다. 지방 섭취의 정도는 적당한 양을 먹었을 때, 최고의 건강상태를 보인다. 하지만, 섭취가 부족하거나 과할 때, '결핍' 또는 '과잉섭취'로 인한 건강악화를 초래한다.

구석기 시대 우리 선조들은 영양 결핍으로 인해 건강하지 못했지만, 현대 인류는 대부분 과다한 지방섭취로 인해 건강은 악화된다. 비만, 고지혈증, 당뇨병, 고혈압, 심장질환, 간질환, 뇌혈관질환, 암 등 대부분의 현대의 질환은 영양분의 과다섭취로 인해 발생하거나, 이와 상당한 연관관계를 가지고 있다. 스스로 발생원인을 이해한다면, 내가 가지고 있는, 또는 발생할 가능성이 있는 질환에 현명하게 대처하는 데 도움을 받을 수 있다. 즉, 우리 몸을 자연선택의 산물로 이해하기 시작하면 질병의 기원은 물론 그것을 예방하고 치유하는 방법도 보다 쉽게 찾을 수 있다. 음주와 흡연에 대해서도 생각해 보자. 지난 몇백 년 혹은 몇천 년 동안의 기술적 진보로 현대의 약물 남용은 산업사회 이전보다 더욱더 중요한 문제가 된다. 오래전 집집마다 원시적인 장비를 갖추고 자기들이 먹을 과실주나 기타 발효주를 작은 단지에 담갔던 시절에는 매일 술독에 빠져 사는 사람이 있을 수 없었다. 하지만, 현재와 같이 양조 제조자와 주류 상인이 각각 따로 있는 도시문명에서는 돈만 있으면 원하는 만큼 술을 마실 수 있을 정도로 엄청난 양의 술을 생산한다. 적정량을 넘어선 음주는 한동안 우리의 건강을 상당히 위협할 것이다. 더군다나, 담배의 역사는 수백 년이 채 안되었다. 충분한 시간이 주어진다 해도, 니코틴, 타르, 이산화탄소를 포함한, 각종 유해물질 등은 가짓수도 많고 독성이 강해서 인체가 해독 가능할지조차 의문이 든다.

선택

나는 어떤 욕구를 가진 사람이고, 인생의 결정적인 순간, 어떤 선택을 하였는지 말하려 한다. 나는 3대 독자로 자랐다. 큰아버지가 살아 계시기는 하였지만, 일본 국적으로, 일본에 사셨다. 어쨌거나 성장과정에 나는 '3대 독자'의 지위를 누렸다. 두 분의 누님이 있었지만, 할아버지는 항상 나를 앞세워 마실을 다니셨다. 어머니의 지독한 보살핌 속에 살았는데, 누님 두분 또한 나를 끔찍이 여겼다. 경제적으로 부유한 가정은 결코 아니었다. 하지만, 부모님은 당신에게는 인색하였지만, 자식에게만큼은 아끼지 않으셨다. 특히, 자식들 교육에서만큼은 돈을 아끼지 않으셨다.

경제적으로 부족을 못 느끼며 성장을 하였다. 50살이 넘은 지금도 '나르시즘적 성격'의 소유자라 인정하지 않을 수 없다. 나는 무척이나 뒤기를 좋아하는 성격의 아이였다. 왜소한 체구에 운동에서는 잼뱅이일 듯하다. 하지만, 어떤 경쟁이건, 심지어 운동 경기에서 건 남에게 뒤지는 것은 인정할 수 없다. 이런 나의 50년, 최대의 선택 세 가지를 꼽는다면, 첫째, 의과대학 입학, 둘째, 23세에 결혼, 셋째, 15년간의 군 생활과 피부과 전공을 선택한 순간이었다. 세번의 중요한 선택에서 모두, 나는 내면의 소리에 충실하였고, 나를 속이지 않았기에 후회 없는 선택이 되었다.

대학진학을 하는 20세의 젊은이가, 앞으로 20년 후, 어떤 직업이 유망할 것인가를 예측하는 것은 불가능할 것이다. 자신이 사회적으로 왕성하게 활동할 시기인 40대에 어떤 직업이 돈을 많이 벌 것인가를 예측하는 것은 더욱 불가능하다. 지금은 선망이 대상이 된 의사라는 직업도 앞으로 유망한 직종으로 계속 남지는 않을 것이다. 나는 국민학교부터 의사가 되기를 꿈꾸었고, 노력 끝에 이루어, 지금은 피부과의원을 개원하고 있다. 정확한 과정은 모르겠으나, 어린 나의 가슴에 의사 가운에 대한 환상이 자리잡았다. 기억으로는 내가 국민학교 6학년경이었으니, 경제적인 부를 취하기 위한 수단으로써의 선택은 분명히 아니었을 것이다. 의과대학 입학이라는 목표를 향해 10여 년간을 부단히 노력했다. 고등학교 졸업 당시, 서울의 대학을 갈 수도 있었지만, 나는 재수의 길을 택했다. 노력 끝에 전라북도 익산시에 위치한 의과대학을 입학했다. 당시는 지금처럼 의과대학 입학이 상대적으로 어렵지 않았다. 참고로, 당시는 경제성장이 정점에 있을 때이기에, 당연히 공과대학이 최고의 인기를 누렸을 때이다. 나는 오늘도 환자와 진료실에 있음으로 행복하다. 조건을 달지 않은 선택이었기에 그렇다. 하지만, 요즈음 사회적인 분위기가 의사는 돈만 밝히는 부도덕한 집단으로 매도되고 있다. 의료시장은 앞으로 급속히 열악해질 것으로 예상된다. 그럼에도 나의 선택은 여전히 유효하기에 나는 행복할 것이다. 내 남은 인생, 최고의 영광은 환자에게 도움이 될 수 있는 지력과 힘이 유지되는 순간까지, 진료실을 지키는 것이 될 것이다.

두 번째 선택은 내가 결혼하는 순간이었다. 나의 결혼 기준과 목표는 오직 아름다운 여인과의 결혼이었다. 물론, 모두가 말하는 결혼의 다양한 조건들에 대해서 나도 동의한다. 하지만, 내가 말하고자 하는 것은, 나에게 있어서 행복한 결혼과 유지를 위한 1순위의 조건을 말하는 것이다. 나는 23세에 결혼을 하였다. 아름다운 여인에 대한 강렬한 끌림이 이른 결혼으로 나를 이끌었다. 혹자는 "신혼은 일년, 아니면 수개월?까지만 유효하다."는 말을 한다. 그렇지 않다. 오늘도 나는 30년째 아내와의 화려한 섹스를 꿈꾸고 있다. 욕구의 분출을 통한 섹스는 아내와 나를 하나로 묶었다. 50이 넘은 지금은 오히려 하나가 되기 위해 섹스를 한다. 올해는 결혼 28년 차이다. 아내는 오늘도 외모를 가꾸고, 몸을 가꾼다. 아내의 체중과 몸매는 결혼 전 상태로, 지금도 온전히 남아 있다. 나는 아내의 흰머리를 아직까지 본적이 없다. 아이 셋을 잘 돌보며 키워 내고, 스스로 매력을 유지한다는 것은 결코, 쉬운 일이 아니었으리라. 오랜 결혼생활 동안 서로가 소원해지는 순간도 있었지만, 아내는 정조관념에 관한한 나에게 무한한 신뢰를 주었고, 내가 밖을 방황할 때도, 항상 기다려 주었다. 아내는 가정의 구심점이었다고 인정하지 않을 수 없다. 23세 젊은이는 내면의 욕구를 속이지 않았다. 본능적 욕구를 따라 아내를 선택 하였고, 28년이 지난 지금도 부부는 에로티즘의 불꽃을 간직하고 있다.

　내가 15년이라는, 오랜 군 생활을 선택하게 된 계기는 지독한 '학력 콤플렉스'에 기인한다. 나는 W대학교를 입학과 동시에, 졸업 후 서울에서의 수련과정을 목표로 하였다. 그러던 중 우연히 '군위탁교육생 모집공고'를 보게 되었다. 의과 대학생을 대상으로 한 '군위탁교육' 제도는, 지원자를 대상으로 졸업까지 등록금과 일정금액의 학습보조금을 지원해 주고, 의사 면허를 취득한 후, 기본 복무기간에 수혜 기간을 더해 군복무를 하는 제도이다. 이 제도에는 특이점이 있다. 실제적으로 군 생활을 하기 전에 서울의 유수대학에서의 수련의 기회를 준다는 점이었다. 전공과목을 선택하는 과정에서도, 물론 경쟁이 있기는 하지만, 선택이 상대적으로 용이한 점도 있었다. 나에게 학력 콤플렉스는 반드시 해결해야 하는 과제였고, 서울의 대학병원에서의 수련 기회를 얻을 수 있는 절호의 기회였다. 나는 주저없이 지원을 하였다. 인생의 세 번째 중요한 선택의 순간으로, 나는 이후 15년간 군의관 신분으로 생활을 하게 된다. 우여곡절 끝에, 원했던 피부과 수련과정을 마치고, 학위 과정도 마무리했다. 서울의 명문대학에서 전문의 과정을 수련 하고 싶은 강렬한 욕구가 있었기에, 짧지 않은 군 생활의 적은 보수와 열악한 환경은 그다지 큰 문제가 아니었다. 따라서 군 생활도 큰 어려움 없이 만족하며 견딜 수 있었으리라. 하지만 오히려, 군 생활에서 조직에 대한 이해를 하게 되고 또한, 외국군과의 해외활동을 하며, 세계로 시야를 넓히는 소중한 경험도 하게 되었다. 더불어 대가도 따랐다. 나의 선택으로, 큰아들은 아버지를 따라 전국을 떠돌며, 학교를 5개나 옮겨 다닌 후, 초등학교를 졸업할 수 있었다. 아내 또한 군 생활 동안 6회에 걸친 이사를 감당해야 했다. 어려운 환경에서 자라 준 3남매와 오랜 기간 인내로 같이해 준 아내에게 감사할 따름이다. **당시 만약, 마음의 소리를 멀리하고, 따르지 않았다면 지금까지 후회와 미련으로 남았을 것이다.** 후회 없는 공부를 마쳤기에 나는 오늘도 자신감과 자부심으로 '박인호 피부과의원'에서의 진료에 임한다. 선택을 하지 않았다면, 앞으로도 오랜 시간 이어질 개인의원에서의 시간이, 채워지지 않을 미련으로 이어졌을 것이다.

우리가 오늘 하고자 하고 바라고 있는 것은 무엇인

가? 마음의 저편에서 스멀스멀 올라오는 '욕망'이
라는 이름의 그것은 무엇인가? 욕망은 어떻게 만들
어졌고 진정한 나를 위한 것인가? 자크 라캉은 '욕
망의 철학자'라 불리운다. 그는 단 하나의 책 《에크
리》를 남겼다.

30 《에크리》
지그 리캉, 홍준기 외 옮김, 새물결, 2019.

"무의식은 대타자의 담론이고, 인간의 욕망은 대타자의
욕망이다." "나는 존재하지 않는 곳에서 생각하고, 생각하
지 않는 곳에서 존재한다."

욕망은 다른 사람에 의해 만들어진 것이다. 타인에게 인
정받고 싶은 마음이 욕망이고, 타자의 인정에 집착하므로
욕망은 탄생하는 것이다. 욕망은 인간의 본성이며, 또한 우
리를 존재시킨다. 따라서 욕망이 없었다면 문화와 문명도
탄생시키지 못했을 것이다. 또한 우리는 욕망이라는 환상
이 있어 삶을 이어 간다. 환상이 없다면 삶을 견디지 못할

것이다. 하지만, 오히려 진정 나, 주체의 욕망은 없으니, 우리는 불안해진다. 욕망은 또 다른 욕망을 낳고, 채울 수 없는 것이다. 욕망은 신기루일까? 나는 오늘도 경제적 이득을 위해, 그리고 인생의 목표를 향해 최선을 다했다. 내가 오늘 바랐던 것은 진정 나로 인한 것인가? 아니면, 타인으로 인해 만들어진 것인가? 라캉은 '욕망의 순수성'을 이야기한다. 진정으로 나, 주체가 원하는 바는 무엇이었던가? 그것은 올바른가?

13

돈

　우리 아들, 1992년생 잔나비 띠…입니다. 나이를 생각하면 저도 새삼 놀랍니다. 부담스럽기도 합니다. 이제 30을 바라보는 나이… 왠지 부담스럽습니다. 동생인 딸들과도 마찬가지지만, 유독 아들과의 대화와 만남은 무미건조합니다. 제 입에서는 설교에 가까운 소리만 나옵니다. 내가 알고 있는 아들의 친구들?은 이미 직장생활을 하고 있습니다. 참고로, 우리 아들은 아직도 '졸.업.준.비.'를 하고 있습니다. 핑계로 멀리 인천으로 유배?를 보내 놓았습니다. 눈에서 멀어지니 요즘 아빠의 마음은 한결 편합니다.

오늘도 엄마를 통해 아들의 근황을 듣습니다. 아들은 참으로 사람을 좋아합니다. 친구도 많습니다. 며칠 전, 재수생활을 할 때의 친구에게 전화를 받았답니다. "올해가 가기 전에, 만나자고…." 참고로 수년 전 재수생활 당시 같은 학원, 여자 아이라고 합니다. 연인 사이는 아니고, 서로 어려웠던 재수시절, 고민을 털어놓았던 친구 중, 한 명…. 2019년 12월 만나자고 연락해 온 친구에게, 아들은 자신의 처지를 고려, 무심코 "한동안은 만나기 어렵다."는 말을 전했다고 합니다.

그리고, 몇 날 며칠이 지나고, 2020년 오늘 아들은 '부.고.소.식.'을 전해 들었답니다. 그 여자아이가 죽었답니다. 아이의 부모님은 서둘러 화장을 했고, 아이 관련 어떤 얘기도 하지 않는 답니다. 아직 꽃피우지도 못한 나이…. 아들은 적잖게 충격을 받은 모양입니다. 만나 보지 못한 게 슬픈가 봅니다. 그 아이에게 "미안하다고…."

요즘 대학생활에서 인문교육(Liberal Arts)의 빛은 이미 희미해졌습니다. 낭만 또한 사라졌습니다. 우리가 즐겼던 시와 소설, 음악의 시끄러움도 대학가에서는 잦아들었습니다. 오늘도 아이들은 아직도 경쟁의 라인에 서 있습니다. 20대 끝머리의 아들은, 50대 아버지의 삶보다 오히려 더 팍팍해 보입니다.

젊어서 서러운 세대인가 봅니다.

오늘은 아들에게 전화를 걸어 다정한 한마디를 해 보렵니다.

2020. 1. 14. (화), 진료실에서.

나의 아버지는 전라북도 김제 출신으로 전북 정읍 종석산과 맞닿은 물에서 큰딸을 잃고 경기도 광주, 안골로 당신의 아버지, 1남 2녀의 자식, 아내와 함께 이주하신 분이시다. 누나는 둘이 있고, 나는 외아들이다. 내가 초등학교, 할아버지가 돌아가시기 전까지 우리 가족은 6명이었다. 부모님은 안골에서 목장갑 제작, 누에 키우기, 두부를 만들어 팔아 생계를 이어 갔다. 아버지는 두부배달을 하셨다. 과음한 다음날은 앓아 누우셨는데 그날의 두부배달은 내 차지였다. 초등학교 6학년, 내가 다니던 광주국민학교 앞으로 이사하여 문구점을 시작하셨다. 대학교 4학년(본과 2년)에 아버지가 교통사고로 돌아가신 이후로는 어머니 홀로 문구점을 하셨다.

두부장수의 아들은 각고의 노력 끝에 의과대학을 입학 후, 의사면허를 취득하였다. 은행대출 덕분으로 피부과 의원을 개원할 수 있었다. 운이 따라 주었고, 이제야 우리나라 50대의 평균자산을 모았다. 이제 개원으로 8년차를 맞이하는 나의 경제 상식이라면, 대출이 주는 기회의 중요성과 부동산에 대한 지식이 전부이다. 하지만, 자본주의 사회에서 살기 위해서는 이외의 금융지식도 필수적인 것이 되었다. 아이들에게 부채의 관리, 자산의 증식을 위한 주식과 펀드 등 다양한 투자방법 및 금융지식은 필수적이라 하겠다. 그 외에도 외환 투자, 금에 대한 투자 등은 필수적으로 갖추어야 하는 지식이 되었다. 나는 운이 좋게도 경제 성장의 시대를 살았고, 삼 남매를 키워 냈다. 하지만, 돈 걱정은 끝이 없는가? 이제는 노후 계획에 대해 자연스럽게 나의 생각이 머문다. 갑자기 병이 찾아와 경제 활동을 못하게 된다면 어떻게 될까? 더불어, 어머니의 부양문제 또한 감당해야 할 부담으로 다가온다.

이제 우리 아이들의 삶은 어떨까 생각해 본다. 코로나19 이후의 세대는 기후변화와 맞서야 하며 저성장 시대를 살아가야 할 것이다. 삼 남매의 직업은 어떻게 될까? 어떤 것이 되든, 삼 남매 자신이 자식 세 명을 온전히 키워 내기란 불가능한 세대가 아닐까 싶다. 우리는 오늘도 무한한 수입을 기대한다. 하지만, 현재 나의 조건이 앞으로 부 축적의 한계를 정한다. 대부분의 우리는 기대만큼 많은 돈을 모으지 못한다. 단지 희망적일 뿐이다. 돈은 내 손에 잠시 머문다. 그러나, 우리의 삶은 돈에 질식되어서는 안 된다. 소비에는 이야기가 있다. 소중한 사람에게 어렵게 모은 돈이 쓰이고 아름다운 이야기가 될 것이다. 사연은 삶이 되고 돈의 의미가 된다. 나는 어떤 이야기를 쓰고 있는가? 고단한 하루를 보낸 나는 오늘도《그리스인 조르바》를 잠시 꿈꿔 본다. 그리고 내일이면 오늘 같은 치열한 하루가 이어질 것이다.

우리가 사는 사회를 하나의 시스템이라 한다면, 그 시스템을 움직이는 핵심 축은 돈이 움직이는 '경제 문제'일 것이다. 더욱이 우리는 자본주의 사회에서 삶을 영위하고 있어, 사회에서의 경제활동과 나는 톱니바퀴처럼 견고히 연결된다. 먼저, 우리나라 국부의 총량은 어떻게 분포되어 있고, 그중에서 내가 모을 수 있는 돈의 한계는 얼마나 될지 가늠해 보는 것은 돈을 이해하는 첫걸음일 것이다. 돈, 즉 자본의 분포는 사회에서 어떤 편차로 분포되어 있고 어떤 조건에서 그 차이가 생겨나고 유지되는지 피케티는 《21세기 자본》에서 알려 준다. 200년 이상의 세계 경제 자료에 대한 오랜 시간에 걸친 연구를 통해 부의 '불평등' 문제라는 이름으로 우리에게 알려 준다. 오늘날 부의 불평등 문제에 대한 인식은 무엇보다 중요한데, 그것은 우리 삶의 처절한 현실이기 때문이며 또한 우리가 앞으로 풀어야 할 숙제이기 때문이다. 하지만, 아쉽게도 책의 내용에는 우리나라 통계는 반영되어 있지 않다. 《2019년 가계금융복지조사 보고서》에서 우리나라의 통계를 통해 현실을 가늠해 볼 수 있을 것이다.

토마 피케티, 장경덕 외 옮김, 글항아리, 2014.

《21세기 자본》은 '돈을 벌기 위해 투자하는 돈', 즉, '자본'을 통한 수익(자본소득)은 노동을 통해 버는 수익(노동소득)보다 항상 많다는 사실을 밝힌다. 이를 통해 '부의 대물림', '부익부 빈익빈'의 추세가 날로 심화되는 오늘날의 사회 불평등에 대해 경고한다. 피케티는 세계각국, 200년 이상의 자료를 15년에 걸쳐서 조사, 연구한다. 피케티가 차안한 것은 자본의 규모였다. 돈을 벌기 위해 투자하는 돈, '자본'이란 금융자산과 비금융자산을 합한 것이다. 다시 말해, 경제학상으로 부동산, 토지, 건물, 기계 및 설비, 현금, 예금, 주식, 국채, 금융자산 등, 생산활동에 필요한 요소의 하나이다.

먼저, '피케티 비율(β)'이라고도 하는 β는 그 나라의 '총자본'을 그 나라의 일년간 '국민소득'으로 나눈 값이다. 예를 들어, 자본/소득 비율(β)이 6이라는 것은 '한 나라의 자본량이 국민소득의 6배이다'라는 의미이다. 즉, 한나라의 국부(자본)은 전국민이 6년을 일해야 벌 수 있는 양을 의미한다. 대체로 6 정도면 큰 숫자이고 국민 소득에 비해 자본이 많다는 의미이다. 1970년대 이후 자본/소득 비율(β)은 지속적으로 상승하고 있다. 지난 100년간 β는 U자형의 큰 변화를 그리고 있는 것이다. '국민소득'은 '자본소득'과 '노동소득'으로 구성된다. 자본 소득이란 투자를 통해 버는 돈이고, 노동소득이란 스스로 노동을 통해 얻는 소득을 의미한다. 피케티는 여기서 장기통계에 기반한 '자본주의 제1기본 법칙'을 끌어들인다. 이 중에서 α(자본소득 분배율)가 중요하다. α는 국민소득 중에 자본소득의 비율(자본소득분배율)이다. 즉, $\alpha=0.3$이란 것은 국민소득 중, 30%가 자본소득으로 돌아가는데, 바꿔 말하면 노동소득으로는 70%가 돌아간다는 의미이다. '자본주의 제1기본 법칙'에 따르면, α와 β는 비례관계에 있다. 즉, β가 계속 올라가면 α가 올라가게 된다. α가 올라간다는 것은 국민소득 중에 자본소득의 비중이 점점 높아진다는 뜻이다. 자본소득으로 버는 사람들은 대체로 상대적으로 부자들이다. 그러므로, 부익부 빈익빈이 된다는 것이다. 그래서 불평등이 심해진다는 의미이다. 실제로 α를 조사해 보면 6개 선진국에서 일제히 올라가고 있다. 과거에는 대체로 20% 정도였는데 1970년을 기점으로, 지금은 40년 동안 계속 올라서 30% 정도를 차지한다. 다시 말해서 그동안에 노동소득은 80%에서 70%로 줄었다는 의미이다. 이와 같이, 피케티는 β가 총 '국민소득' 중에서, '자본소득'이 차지하는 비율(α)과 밀접한 연관이 있음을 알아내고 또한, α는 지속적으로 상승하고 있음을 밝혔다. 나아가서, α의 상승변화와 맞물려 그에 따라서 '소득 불평등'도 동일하게, 같은 변화를 보인다는 것을 피케티는 밝혀낸다. 이는 부를 대물림하게 되는 '세습 자본주의'를 의미한다. 더욱이, 21세기 내내 앞으로 불평등 상승 추세는 계속될 것이라는 어두운 전망이다. 이것은 중요한 상황으로서 존재하고 있음을 피케티는 밝혔다.

다시 한번 내용을 요약하자면 다음과 같다. "노동자가 생산성을 높이는 속도가 자본이 증식하는 속도를 따라잡을 수 없다."는 의미이다. 즉, 과거에 축적된 부는 노동으로 얻은 부보다 성장이 빠르다는 의미이다. 자본을 가진 사람은 경제가 성장하는 속도보다 빠르게 자본을 증식시킬 수 있다. 그 결과 자본을 가진 부자는 점점 부자가 된다. 피케티는 또한, 그 격차가 더욱 벌어진다고 예측하고 있다. 이는 노동에 따른 생산성을 높여서 부를 축적하는 일이 어려워

짐을 뜻한다. 그 이유 중 하나는 앞으로도 경제는 저성장을 이어 갈 것으로 예측되기 때문이다. 경제 성장률이 낮으면 자본/소득 비율(β)이 상승하고 과거 축척 자본의 존재감이 높아진다. 자본이 증대하면서 자본 수익률은 하락하지 않을 경우 소득 전체에 있어서 자본 소득의 비율은 점점 상승한다. 부를 축적하려면, 재능이나 능력보다 태생이 중요하다면 이 사회는 얼마나 정의롭지 못한가? 하지만《21세기 자본》은 체념하기 위한 책이 아니다. 여기서 피케티의 주장의 의미를 다시 한번 생각해 볼 필요가 있다. 경솔하게 돈벌이 이야기에 편승해서 어쨌든 자본을 가지고 있으면 된다는 의미가 아니다. 또한 "빈곤해도 좋다. 가난해도 마음만 부자면 괜찮지 않느냐?"의 의미도 아니다. 자신의 현재상황을 고려하여, 할 수 있는 일을 진지하게 생각하고 그러한 가운데 자기 나름의 자본과 노동의 밸런스를 구축하는 것이 중요하다. 격차란 근본적으로 사회 전체의 문제이다. 오늘날 경제위기와 자본주의의 모순을 타파하기 위한 현실적인 노력은 무엇일까? 나의 경제 상황을 사회구조 속에서 이해해야 하며, 격차를 없애기 위해서는 세금제도를 어떻게 하면 좋을까? 개인에게는 기능 보급과 교육은 어떻게 하면 좋을까? 다양한 사회 보장제도, …육아지원과 실업보험은 어떻게 해야 하는가?

 32 〈2019년 가계금융복지조사 보고서〉
통계청, 2020.

우리나라 통계청에서 매년, 세무자료를 바탕으로 발간하는 책자이다. 《21세기 자본》에서는 우리나라 통계가 포함되지 않았으므로, 본 책을 활용하여 우리의 상황도 짐작해 볼 수 있다. 눈에 띄는 그림이 있어 간단히 소개한다.

'그림2-3, 순자산 5분위별 자산 보유액'을 보면, 우리나라 가구를 자산 기준으로 5구간으로 나누었을 때, 최하위 20%(1분위)의 가구는 평균 3천252만 원의 자산을 가지고 있고, 최상위 20%(5분위)의 가구는 평균 12억 7111만 원을 가지고 있다. 우리가 생각했던 것보다 구간별 자산보유액의 차이가 크다는 것을 알 수 있다. '그림 4-3, 가구소득 구간별 가구분포'에서 2018년 기준, 우리나라 1가구는 연간 평균 5천828만 원의 소득을 올리고, 고소득 가구일수록 그

편차가 상당히 커지는 것을 알 수 있다.

참고로, 2014년 5월 한국은행과 통계청이 국민대차대조표라는 자료를 발표한다. 이 자료를 갖고 새사연(새로운 사회를 여는 연구원)이 잠정추계를 한 것을 보면, 우리나라의 β값(피케티 비율)은 7을 넘는다. 이 값은 선진국에서 대개 5~6 정도이다. 이는 한국에서 부의 불평등이 상당히 심각할 것이라는 암시를 준다. 〈토마 피케티, 《21세기 자본》, 글항아리〉

나아가, 《소비의 사회》에서는 돈의 소비는 우리에게 어떤 의미를 가지는지 알려 준다. 자본주의 사회의 풍요 속에 현대인은 무한한 소비를 통해 자신의 빈곤감을 채우려 한다. 하지만, 돈과 소비를 통해 인간의 욕망이란 채워질 수 있는 것인가? 그리고 다시 처음으로 돌아가, 인간의 참된 가치가 상실된 현대 소비 사회에서 욕망으로부터의 자유란 무엇일까 고민해 본다. 스스로가 자유인이 되고자 했던 카잔차키스의 소설 《그리스인 조르바》의 삶을 통해 욕망과 두려움에서 해방된 참된 자유의 삶에 대해서 생각해 본다.

《소비의 사회》
장 보드리야르, 이상률 옮김, 문예출판사, 2015.

우리는 모든 것을 소비하는 세상에 살고 있다. 소비가 미덕이라는 말이 통용되고 있을 만큼 현대인은 소비의 경제 행위를 떠나서는 살 수 없다. 1장에서는 자본주의 사회를 사는 우리가 왜 소비에 대해 깊이 생각해야 하는지를 그리고 물질적인 풍요의 모순에 대해 이야기를 시작한다. 2장에서는 소비에 대한 학문적 정의에 대해 이야기를 하고, 현대 사회에서 소비는 우리에게 '기호화'되었다고 주장한다. 마침내, 행복은 계량화되어 소비를 부추기는 것이다. 3장에서는 대중문화와 소비사회의 상관관계를 파헤친다.

현대 사회를 살고 있는 우리는 행복한가? 물질적 풍요를 누리게 된 것은 사실이지만, 과거와 마찬가지로 계층간 불평등은 여전히 존재한다. 우리의 소비는 사용가치에 따라 이루어진다는 기존의 소비에 대한 정의보다, 장 보드리야르는 오히려 소비를 '행복', '안락함', '현대성', '사회적 권위' 등을 획득하기 위한 행위로 규정한다. 사람들은 상품의 구입과 사용을 통하여 자신을 돋보이게 하며 동시에 사회적 지위와 위세를 나타냄으로써 남과 자신을 구별하려고 한다. 우리가 소비하는 상품의 브랜드(brand)도 일종의 기호인 것이다. 또한, 자본주의 생산체계는 소비를 촉진하려 사회적 지위의 차이를 이미지로 재생산해 불평등을 양산한다. 희소가치가 높아 소수 계층만 접근할 수 있는 상품은 그것을 소비하는 사람의 사회적 지위, 경제력을 규정하는 하나의 기호로서 존재하는 것이다. 기호는 나와 남을 구별하는 잣대인 것이다. 사람들은 상품에 덧칠된 의미를 소유해 자신을 특별한 존재로 포장하고자 한다. 상류사회의 고급 브랜드를 통해 소비여력이 떨어지는 사람과 자신을 차별화하려 하는 것이다. 자본주의 체계에서는 기업은 소비를 촉진하기 위해 사회적 지위의 차이에 따른 상품을 쏟아내고, 우리들은 자신을 포장하기 위해 소비에 집착하게 된다. 일상화된 자본주의 사회의 소비 행위를 통해 인간의 의식은 점차 진정한 가치를 상실하고 사물화되는 갖가지 병리현상을 나타낸다. 소비의 영역은 점점 확대되어 인간의 육체까지 확대되어 범람하는 성 상품화 소비행태에 우리의 마음은 이미 무뎌졌다. 소비하면 안 되는 것까지 소비하는 우리는 무엇을 얻고 무엇을 잃었는지 생각해 보아야 한다.

34 《그리스인 조르바》
니코스 카잔차키스, 이윤기 옮김, 열린책들, 2000.

자본주의 사회에서 경제활동을 하며 살고 있는, 나는 사회로부터 자유로울 수 있을까? '욕망'과 '두려움'은 우리의 삶을 지배한다. 현재의 욕망과 미래의 두려움을 극복한 진정한 자유란 무엇인가? 작가, 카잔차키스의 묘비에는 이렇게 쓰여 있다.

"나는 아무것도 바라지 않는다. 나는 아무것도 두려워하지 않는다. 나는 자유이므로…."

실존 인물인 조르바를 통해 작가 자신이 추구한 '자유로운 삶'에 대해 이야기하고 있다. 소위 지식인인 '나'는 크레타에서 갈탄광 사업을 시작하게 되고, 그곳에서 처음 만난 '조르바'라는 인물에게 광부들의 감독 자리를 맡기게 된다. 그곳에서 나와 조르바가 같이 생활을 하면서 그의 생활을 지켜보게 된다. 나는 35세, 조르바의 나이는 65세. 조르바는 조국이나 신, 이념 등 어떤 규범과 권위에도 의존하지도 속박당하지도 않는다. 또한, 두려움과 충동으로부터 벗어난다. 사랑하되 소유욕에 빠지지 않고 노동하되 돈에 종속되지도 않는다. 이세상 어디에도 걸림돌이란 없다.

조르바에게는 '현재'와 '지금', '여기' 그리고 '눈앞의 실물'이 중요하다. '다음', 그리고 '다른 것'을 생각치 않는다. "난 지나간 일을 기억하지 않고, 앞으로 다가올 일도 계획하지 않아요. 내게 중요한 것은 바로 오늘, 이 순간에 일어나는 일이오. 그래서 나는 스스로에게 이렇게 묻지요. '조르바, 지금 이 순간에 뭐 하고 있는가?' '자고 있네' '그럼 잘 자게나!' '조르바, 자네 지금 뭐 하고 있는가?' '일하고 있네' '그럼 일을 잘하게!' '조르바, 지금 뭐 하고 있는가?' '여자를 포용하고 있는 중이라네' '그럼 열심히 포용하게! 나머지 일은 깡그리 잊어버리는 거야, 지금 이 순간에는 자네랑 그 여자

밖에는 아무것도 없으니까. 어서 서두르게!" 〈니코스 카잔차키스, 《그리스인 조르바》, 열린책들〉 조르바는 '왜'를 묻지 않는다. 단지, 좋으면 춤을 춘다.

조르바는 삶에서 인간에게 필연적인 '물질적 구속'에 대해서도 잘 알고 있다. "육체가 영혼이구나 육체가 만족하지 않으면 영혼은 없구나." 주어진 삶의 경제적 구속에서 벗어나기 위해 그는 주어진 일에 온 힘을 집중한다. 하지만, 넘치지 않고 그의 삶은 소박하기만 하다. "이것이 진정한 행복이야. 아무런 야망도 없으면서 모두 야망을 품은 듯 끈질기게 일하는 것, 사람들과 멀리 떨어져 살면서도 그들을 필요로 하지 않되 그들을 사랑하며 살아가는 것."

또한, 조르바는 같이하는 삶을 산다. 그에게 있어 윤리적 판단의 기준은 오직 한 가지이다. 선량한 사람인가 또는 나쁜 사람인가? "이 사람은 선량한 사람, 저 사람은 나쁜 사람. 그가 불가리아인인지 그리스인인지는 중요하지 않아. 내가 보기엔 모두 똑같은 사람이니까. 이제 내가 던지는 질문은 말이오, 그가 좋은 사람이냐. 나쁜 사람이냐 하는 것뿐이오." "이 세상에는 좋은 사람, 나쁜 사람이 있을 따름이오.〈니코스 카잔차키스, 《그리스인 조르바》, 열린책들〉

조르바는 사랑하는 사람을 위해 나서서 싸울 수 있는 사람이었다. "그의 앞에는 주먹을 불끈 쥐고 화를 내며 소리치는 조르바가 서 있었다. 아, 모두들 창피하지도 않소?" 그리고, 그는 자신 외에 누구에게도 의지하지 않았다. 신에게 빌지도 않았고, 그 어느 누구에게도 마찬가지였다. 삶의 마지막 순간에서조차 스스로 서 있는 자세로 죽음을 맞이한다.

콤플렉스

1995년 대학을 졸업하고 군입대 신체검사를 받는 때였다. 당시 의사고시 합격률은 60%를 조금 상회하는 정도였다. 당시 나는 어려운 시험을 합격하여, 조금은 우쭐해 있는 상태였다. 군 입대를 위한 신체검사를 위해, 등록을 하는 장소였던 것으로 기억한다. 접수 창구는 출신 학교별로 구분이 되어 있었다. 의사고시를 합격했어야, 군의관으로의 임관을 위한 오늘의 신검에 참가했을 것이다. 의사고시 합격률이 낮으니, 예년에 비해 올해는 S대학교를 포함한 전체 대상자의 수가 상당히 적은 상황이었다. 이때, 현장에서 신체검사의 행정을 담당하는 사람의 입에서 나오는 발언이 또렷이 들려왔다. "S대학교는 의사고시 시험관련해서, 학생들이 자유로이 준비를 하고, 학교에서는 전혀 관여를 안 한다는군." 이것은 '지방대학교는 의사고시 합격에 목을 맨다'는 뜻이다. 사람은 진실보다는 권위를 믿는 존재이다. 같은 시험지를 가지고 같은 조건에서의 시험결과이지만, 그들에게 S대학교 학생은 공부를 못할 수가 없는 것이다. 나는 심한 모욕감을 느꼈고 지금까지도 잊지 못하는 순간이다.

인간은 누구나 콤플렉스를 안고 살아간다. 나도 여러 가지 열등감 컴플렉스를 가지고 있는데, 그중에서도 나에게 가장 지독한 것이 '출신 대학교' 콤플렉스인 듯하다. 내가 입학, 졸업한 대학교는 지방에 위치하고 있고 지명도 또한 낮은 대학교이다. 나는 초등학교 시절 의사의 꿈을 꾸었고, 고등학교, 재수 시절까지 의과대학 입학이라는 오직 하나의 목표를 향해 쉼 없이 달렸다. 마침내 합격하게 되었는데, 꿈을 이루었다는 기쁨을 누릴 새도 없이, 동시에 나에게 찾아온 것이 바로 그것이었다. 출신학교에 대한 콤플렉스는 자연스럽게 나를, 졸업 후 서울의 명문대학으로 향하는 진로 선택을 하게 하였다. 결국, 대학 졸업 후 서울의 Y

대학교, 부속병원인에서 전문의 수련과정과 대학원과정을 마치게 되었다. 학부 대학 타이틀은 바꿀 수 없었지만, 대학 졸업 후, 전문의 과정과 대학원과정에서의 타이틀로 보상을 받고 난 다음에야, 비로소 관련된 갈증이 조금 해소되는 듯하였다.

하지만 이제까지의 성취가 콤플렉스를 완전히 극복했다거나, 끝이라는 것은 아니다. 중요한 것은, 지금도 나는 '대학교 콤플렉스'를 극복하는 과정에 있고, 그것은 지금까지, 오히려 끊임없는 발전을 향해, 스스로를 채찍질하는 삶의 동력이었다는 것이다. **우리에게 콤플렉스는 자신의 성장을 방해하는 장애물이어서는 안 된다. 극복하고 넘어야 할 대상이다.** 콤플렉스의 극복과정은 나의 인생이었고 또한 성장 과정이었다.

C. G. 융은 '콤플렉스(complex)'란 심리학 용어를 처음으로 사용한 학자이다. 융은 스위스의 정신과 의사이며 분석심리학의 개척자이다. 그는 우리에게 개인의 독특한 잠재력이 있다고 보았다. 이를 실현하는 자아실현(Self-realization)의 과정을 '개성화

과정(Individuation process)'이라 하였다.

35 《인간과 상징》
칼 G. 융, 이윤기 옮김, 열린책들, 1996.

'자아(Ego)'는 우리가 지금 자각하고 있는 의식의 중심이고, '자기(Self)'란 '자아'를 포함해서, 의식과 무의식, 우리 정신 전체의 중심을 의미한다. '자아'가 '자기'를 찾아 떠나는 여행을 개성화 과정(Individuation process)이라 하였고, 그것이 삶이고 인생이라 하였다. 즉, 개성화 과정이란 현재 '자아'는 의식하지 못하는, '자기'라는 각자의 고유성, uniqueness를 '자아'라는 의식의 표면으로 실현하는 과정, 즉 의식과 무의식을 통합하는 과정을 말한다.

이것은 또한 자아실현(Self-realization)의 과정이기도 하다. 이 과정에서 무의식의 '자기'는 콤플렉스를 의식의 '자아' 주변에 머물게 하여, 높은 차원의 통합성을 제공하게끔 발전의 실마리를 제공하는 자극제가 된다.

성장, 계속되는

일찍이 공자는 인간의 삶에서 나이에 따른 성장과정의 변화단계에 대해 말하였다. 15세 즈음에 학문에 뜻을 두고, 30세에 삶의 방향을 정립하여, 40세에는 자기의식이 확고히 된다. 50세를 지천명(知天命)의 나이라 하여 하늘의 명을 깨닫는다 하였고, 60세에는 세상의 이치를 깨달아, 70세에는 절대자유의 경지에 다다를 수 있다하였다. 나는 감히 나의 삶을 그것에 빗대어 돌아본다.

국민학교 6학년 즈음, 나는 의사가 되는 꿈을 꾸게 되었

책과 함께

다. 고등학교 졸업, 이어진 재수 시절까지 대학교 입학을 위해 내달리는 삶이었다. "의사는 경제적으로뿐 아니라, 치료받는 환자에게 칭송받는 유일한 직업이야, 인호는 의사밖에는 할 수 없는 아이야!"라고 말씀하시는 부모님의 목소리가 아직도 또렷하다. 의사의 꿈을 오랫동안 간직할 수 있게 도와준 것은 모두 가족 덕분이었다. 부모님뿐 아니라 누님까지 나에게 많은 힘을 보태었다. 재수 1년간은 서울의 노량진에서 공부하였는데, 5살 많은 당시 대학생이던, 큰누이는 반지하방에서 자취를 하며, 남동생인 나를 돌보았다. 대학 입학까지 나는 항상 어머니의 포근한 품과 가족의 사랑 속에 있었다.

나는 23세에 한 여인과 사랑의 감정에 충실했고, 학생 신분이었지만, 결혼에 몸을 맡겼다. 결혼의 결실은 삼 남매였다. 자식을 통해 부모는 성장한다. 육아의 과정은 인내와 희생을 요구하는 과정이다. 나는 과감하게도 삼 남매를 낳았다. 피부과 수련과정을 마친 후, 군 생활을 10년간 했는데, 덕분에 군 생활 전반기는 아이들과 많은 시간을 가질 수 있었다. 아이들과 보낸 대부분의 기억은 이 시기에 집중된다. '십자매', '이구아나', '구피', '햄스터'를 아이들과 키웠다. 아이들이 있어 꿈과 기대가 있었고, 그때만큼 삼 남매에 집중했던 시기는 없었다. 아이들과 물로켓을 띄우며 즐거웠던 기억도 난다. 퇴근 후에는 수년간이나 아이들과 '이달 학습'을 같이 공부하였고, 주말이면 독서를 같이하였다. 하지만, 큰아이가 중학교를 입학 이후에는 학업성적의 결과에 매몰되어 즐거웠던 기억은 특별히 없는 듯하다. **대학입시는 오히려 부모를 성장시켰다.** 아이가 입학한 대학교는 항상 부모의 기대에 못 미칠 것이다. 부모를 만족시킬 정도의 학습능력을 가진 아이는 이 세상에 존재하지 않을 것이다. 똑똑한 부모라면 아이는 자신과는 다르며 다양한 능력의 소유자이고 획일적인 잣대로 측정될 수 없다는 것을 알 것이다. **대학입시는 성장과정의 한 단계일 뿐이며, 삶의 다양한 도전에서 '인생 천재'는 존재하지 않는다.** 다만, 현재에 최선을 다할 뿐이며, 최고의 능력자는 낙천성과 성실함 그리고 타인을 배려하는 품성의 소유자라는 것을 알게 될 것이다. 우리의 아이는 모두 남다른 능력의 소유자이며 개개인은 자신만의 특별한 능력을 가진 것을 알아야 한다. 이제 삼 남매의 인생 길 앞에는 각자의 경제 독립과정에서의 또 다른 도전이 기다리고 있다. 하지만, 나는 다짐한다. 아이들의 대학입학을 위해 행복하지 못했던 나의 젊은 시절의 같은 잘못을 반복하지 않으리라. 오히려 나의 삶에 더욱 집중하리라 다짐한다. 부모의 성장은 곧 자식의 성장을 의미한다. 만약에 아이가 부족하고 못마땅하다고 느낀다면 그 부모는 오히려 자신을 돌아보아야 할 것이다. 말하지 않아도, **굳이 가르치려 하지 않아도 우리의 아이들은 부모를 관심 있게 바라보고 있다.** 부모는 자녀의 거울이라 하였듯이, 죽음의 순간까지 계속하여 성장하는 삶을 견뎌 내는 독립적인 부모로 남는 것보다 훌륭한 자식 교육은 없을 것이다.

군 생활의 후반기, 나이는 30대 후반, 영관장교가 된 이후에는 나에게 주어진 임무가 심화되어갔다. 중견급 장교로서 근무해 봄으로써, 조직을 이해하는 데 크게 도움이 되는 시기였다. 지휘관 및 참모로서의 임무를 통해 삶의 지평을 넓혔다. 일찍 개업을 하였다면 얻지 못했을 소중한 경험을 하였다. 특히, 2007년 여름, 약 4개월간 미군 항공모함을 타며 다국적군으로 구성된 의료진으로 태평양지역에서의 의료 활동에 참여하였다. 이때, 필리핀, 베트남, 파푸아뉴기니, 솔로몬아일랜드, 마샬아일랜드 등을 방문하여 의료활동을 하였는데, 타국을 바라보는 시야를 넓히는 데 많은 도움이 되었다. 이 시기에, 왜 미국이 세계의 절대 강국인지, 그리고 세계적 영향력 뒤에는 경제력, 문화의 힘뿐이 아니라, 군사력이 자리한다는 것을 알게 되었다. 그리고, 미군과의 협력이 있었기에 당시 군에서 유행하던 전염병, 말라리아의 항생제 내성 관련 논문을 썼는데, 나름 보람 있는 시기였다. 의무사령부, 예하 수개의 군 병원, 미군, 미국 CDC가 참여하게 된다. 어렴풋하나마 국제적 협력의 경험으로 나의 시야는 이미 국내를 벗어났다. 의무복무기간이 지나고 전역이 가까워질 무렵 군 생활을 계속 이어 가거나, 국제기구에서 일하는 꿈을 꾼 기억도 있다. 하지만, 나에게는 인생의 커다란 숙제가 하나 남아 있었다. 당시 나에게 절실하게 필요한 것은 민간인으로서 경제적인 자립을 이루는 것이었다.

42세, 전역 이후에는 봉직의 생활을 수년간 하였다. 오랜 군 생활로 인해 잠시 잊었던 피부과 지식을 새롭게 하고, 개업을 위한 준비로 바쁘게 움직였다. 서울 강남지역에서 근무하였는데, 모발이식 수술에 전념하였다. 공부에도 게을리하지 않아, 모발이식 관련 논문도 학술지에 게재하였다. 봉직의로서 의료 소동도 당해 보았다. 오너 원장은 봉직의였던 나를 상대로 업무에 태만하였다는 이유로 나를 대상으로 소송을 제기해 1억 원의 손해 배상 비용을 청구하였다. 돌이켜 보면, 오히려 나를 단단히 해 주는 수련의 시간이었다.

이제 오랜 미련이었고 풀어야 할 숙제로 남아 있었던, 나만의 개인의원 개업이라는 도전의 시간이 다가왔다. 신용 대출 자금으로 개원하였다. 개원 초기 수년간 대출이자에 더해 상환까지를 책임져야 하는 시간이었는데, 점심시간조차도, 병원운영의 걱정으로 휴식시간이 아닌 공포의 시간을 보냈던 기억이 있다. 개원을 하고 수년간, 정신없이 바쁜 시간이 어떻게 지났는지 모르겠다. 일요일도 모발이식 수술로 병원을 지켰다. 명절을 앞둔 어느 날 병원을 나설 때의 기억이 있다. 수개월 만에 해를 보며 퇴근을 하였는데, 그동안 해가 지기 전에 퇴근했던 게 얼마 전이었는지 알 수 없었다. 한참 후, 알게 되었는데, 나는 수개월간 휴일 없이 일을 했던 것이다. 개원 초기 병원 정리로 자정까지 일을 해야 하는 날이 많았는데, 아내가 서울을 못 가는 상황이면, 진료실 뒤편, 쪽방에서 둘은 잠을 청해야 했다.

추운 겨울 샤워는 화장실의 온수기가 전부였다. 당시 고등학생이었던 막내딸 때문에 이사는 할 수 없는 상황이었다. 나는 6년 가까이 원룸에서 생활을 했다. 오랜 동안이나, 나는 머리 깎을 시간을 아끼기 위해 병원에서 바리깡을 이용해 스스로 머리를 깎았다. 출퇴근을 위해 경기도 안중에서 서울까지 140km를 운전하며 아찔한 순간도 참 많았다. 교통사고, 졸음운전 순간의 기억은 지금도 아찔하다. 큰 사고가 없었으니, 참 운이 좋았다. 나는 현재, 평택시 안중읍의 현화메디컬센터 8층 꼭대기에 개원을 하고 있다. 1층은 약국, 3층에는 치과와 한의원이 있고, 4층은 내과, 5층은 이비인후과가 자리하고 있다. 약사, 한의사, 치과의사, 내과 전문의, 이비인후, 피부과 전문의가 같은 건물에서 근무를 하고 있다. 서로 가깝기에 오히려 어려운 관계이리라. 우리는 서로를 배려하고, 작더라도 서로 내어 주어야 가까워질 수 있다. 우리는 2020년, 나로서는 개원 8년차에 현화 메디컬 빌딩의 모든 원장님들과 부부동반으로 1박 2일 여행을 하게 된다. 강원도 홍천에서의 시간은 즐거운 기억으로 남았는데, 솔직히 나는 처음에 그 모임 자체가 불가능하다고 생각하고 있던 터였다. 하지만, 우리는 모두 즐거웠고, 잊지 못할 추억으로 남을 것이다. 우리는 모두 인생의 황금기를 같은 곳에서 보내고 있었던 것이다. 우리는 모두 더불어 살아간다.

올해, 개인피부과 의원 개원 8년차를 맞이하고 있다. 이제 50이라는 나이를 넘어섰다. 큰돈은 아니지만 스스로의 힘으로 경제적인 자립을 이루고서야, 잠시 멈춤의 시간을 가져 보게 된다. 50년간의 삶의 여행은 나를 다시 제자리로 돌려놓았다. 얼마전 초등학교 졸업앨범 사진을 동창을 통해 구하게 되었다. 당연히 복사본이었지만, 당시의 기억을 떠올릴 수 있었다. 분명히 지금의 나는 과거와는 많이 달라져 있다. 가장 큰 차이를 얘기하라 한다면, '나이 50 이전에는 앞을 보고 달렸다면, 지금은 과거를 돌아보게 되었다'는 것이다. 이제야 80세가 넘으신 어머니를 통해 나를 보게 된다. 어렴풋하게 오래전 고인이 되신 아버지와의 기억에서, 나와 아들의 관계를 되짚어 보게 된다. 걸어온 길을 돌아보고, 아이들에게 인생에 대해 이야기해 주고 싶은 나이가 되었다. 부쩍 요즈음, 고향집 어머니를 자주 뵈어야겠다는 생각을 하게 된다. 사실, 고향집을 다녀오면 우울해지는 감정을 피할 수 없다. 거동이 불편하신 어머니를 볼 때 받아들이기 어려운 감정이 있다. 건강하시고 나를 챙겨 주셨던 분이지만, 지금은 내가 보살펴야 하는 정반대의 입장이 되어, 서럽고 마주하기 어려운가 보다. 노쇠하였지만 어머니의 오롯한 모습을 통해 앞으로의 나를 보고, 다시 삼남매에 대한 생각으로 자연스럽게 옮겨 간다.

나이 23세에 나의 아버지가 돌아가시고는 나의 멘토는 사라졌다. 운이 좋게도 먼 길을 돌지 않고, 지금에 이르렀지만, 중요한 결정의 순간, 누군가의 조언을 들었으면 하는 순간이 너무도 많았다. 2020년 오늘 나는 같이하는 삶, 나누는 행복의 실천을 꿈꾸어 본다. 조금 더 구체화되어야겠지만, 젊은이들에게 삶의 선배로서, 멘토로서 살아 보고픈 꿈을 꾸어 본다. 과거의 나와 같은 어려움에 있을 많은 젊은이들에게 방향을 제시해 주고, 고민을 들어 주고 싶다. 나누는 삶은 의미가 있고 행복할 것이다. 지금 쓰고 있는 이 책이 조금이라도 도움이 되었으면 하는 소망도 가져 본다.

50년, 과거를 떠올려 보면 중요한 변화의 순간은 어렴풋하여, 당시에 그 미래는 알 수 없는 것들이었다. 그래서 시작은 오히려 무모한 도전이었고, 그 과감함

의 크기만큼 성취와 성장이 뒤따랐다. 무모하리만치 이른 결혼과 삼 남매는 일찍 아비 잃은 나를 더욱 강하게 하였고, 우연히 들어 놓은 10년간의 군 생활은 오히려 삶의 지평을 넓혀 주었다. 피부과 개원의 순간도 위태로웠다. 심지어, 그 이후에 펼쳐졌던 수많은 사연을 고려하면, 의과 대학 입학의 선택조차 알 수 없는 미래에 대한 도전이었다. 우리는 삶을 통해 성장한다. 많은 현인들은 인생은 행복 추구가 아니라, 견디는 삶이라 설파했다. 나는 스스로에게 묻는다. 과감하게도 설레는 미지를 향한 도전의 용기를 가졌는가? 그리고, 인내의 시간이 필요한 시기에 자기규율로 스스로에게 충실하였는가? 인생의 결정적 순간 나에게 집중하고 스스로에게 진실하였는가? 결정의 순간 타자에 대한 배려는 부족하지 않았는가?

인간의 성장과정과 관련하여, 또한 우리는 교과과정에서 '자아 실현(Self-realization)'에 대해서도 배웠다. 생득적으로 타고난 '잠재력'을 세상에 구현하는 과정이고, 행복에 이르는 길이라 배웠다. 나는 열심히 삶을 살았고, 나름의 성공적인 삶을 살아온 스스로를 돌아본다. 내가 배웠던, 자아실현의 의미와 나의 삶의 여정이 얼마나 일치하는지 생각해 본다. 그리고, 자아실현 개념의 전제가 되는 개인의 '잠재력'에 대해서도 의문을 가져 본다. 나의 그간의 성취를 위해 필요했던, 결정적으로 나에게만 빛나는 잠재력이란 것은 도대체 있었던가? 오히려, **돌이켜 보면 큰 변화의 시기에 나는 무모한 도전에 몸을 맡겼고 그저 주어진 바에 하루하루 충실했을 뿐이다.** 어찌 보면, 타고난 잠재력, 능력은 애초에 없는지도 모르겠다. 가치와 목표만을 보았고 나의 능력에 대해서는 한점의 의문을 품지 않았다. 그리고 주어진 임무의 완수 뒤에, 나를 돌아보니 나는 훌쩍 커졌음을 알아차렸을 뿐이다. 주어진, 변화를 요구하는 환경이 선행하고, 행동과 결단이 다음의 나를 변화시킨다. 나를 해석하려 하지 말고, 인생의 큰 가치를 향해 네 몸을 던져라. 그러면 **도전하는 인생 앞에서 창조된 나를 만날 것이다.** 그동안의 나의 삶의 태도를 푸코의 책 《주체의 해석학》에서 말한 '자기배려(Epimeleia Heautou)'의 자세라고 말하여 준다면 더할 나위 없이 좋겠다.

36 《주체의 해석학》
미셸 푸코, 심세광 옮김, 동문선, 2007.

푸코는 우리의 성장을 '자기배려(Epimeleia Heautou)'의 과정이라 하였다. 그는 '자기배려'라는 인생의 도전에 대해 우리에게 이야기해 준다. 그것은 자신을 발견해야 할 정체성의 문제가 아니라 내가 실천해야 할 행동의 문제라 말한다. 즉, 우리 자신을 해석을 통해 발견하는 것이 아니라, 우리 자신을 만들어 내는 일이다. 주체는 자기 자신을 인식하는데 머물지 말고, 앞을 향한 도전에 몸을 던지라 한다. 숙고된 규칙에 따라 자신의 생을 구축하고, 자기 실존의 근간 내에서 일정한 행동 원리의 실천을 강조한다. 푸코는 이를 일컬어 '실존의 미학'이라 명명했다. '자기배려'는 행복의 과정이 결코 아니며, 오히려, 삶을 견디고, 인내하여 나의 삶을 하나의 아름다운 예술품으로 구현하는 과정이라 말한다.

우리는 물질적 구속 앞에서 자유로울 수 없는 존재이다. 우리가 살고 있는 자본주의 사회에서 직업을 통한 경제적 자립은 우리 모두에게 절체절명의 과제라 할 것이다. 나도 지금까지의 삶의 여정에서 지금 가지고 있는 의사란 직업을 가지기 위해 얼마나 많은 시간과 노력을 투자했던가. 그것은 지금까지 나의 성장과정이었다 말할 수 있다. 또한 오늘도 그리고 앞으로도 대부분의 시간을 진료실에서 보내며 삶의 의미를 발견하려 노력할 것이다. 책,《일의 발견》은 우리가 가지고 있는 직업이 삶에서 어떤 의미를 가지고 있고, 우리는 우리의 직업을 어떻게 바라보아야 하는지에 대한 문제를 제기한다.

37 《일의 발견》
조안 B. 시울라, 안재진 옮김, 다우, 2005.

자본주의 시대를 살고 있는 우리 세대에게 경제적 독립이란 과제는 성장과정의 질적변화를 이루는 터닝 포인트

일 것이다. 우리는 그토록 인생에서 중요한 의미를 가지는 직업, '일'의 의미에 대해 심각히 고민해 보아야 할 것이다. 현대사회에서 일은 '자아실현'의 수단이자, 개인의 존재를 의미 있게 만드는 도구로 그럴 듯하게 포장된다. 일은 우리의 모든 것이며, 우리는 일을 잃음으로써 그에 수반되는 모든 것을, 심지어 가정까지도 잃게 된다. 그렇다면 그것이 과연 올바르고 바람직한 현상인가? 일은 본래부터 모든 희생을 감내하면서 지켜야 하는 무엇인가? 일은 종류에 상관없이 무조건 나에게 무한한 성취감과 만족을 주는가?

오늘의 우리는 일이란 돈, 여가, 친구, 창조성, 성장, 심지어 멋진 주거지역 등, 한꺼번에 모든 것을 해결해 주는 어떤 것이라고 생각한다. 프로테스탄트 윤리는 일을 통해 사회의 일원으로 참여하고 보수를 받아 생활을 꾸려 가는 것을 이상으로 제시한다. 일을 통해 받은 보수는 여가를 통해 다시 소비에 쓰이는 것이 자본주의의 윤리다. 소비는 미덕이 되었고 소비를 위해서라도 일을 하는 것은 윤리적으로 정당한 것이 된다. 사람들은 여전히 바쁜 듯이 보이고 바쁜 사람들이 제대로 된 삶을 살고 있다고 여긴다. 우리는 장래의 직업을 통해 자신의 이상을 실현하겠다는 희망사항을 가지지만 실제로 행복을 자신의 일에서 찾는 사람은 드물다. 일은 행복한 삶을 위한 절대 조건이 아닐 수 있다. 더 많은 소비가 더 많은 행복을 보장해 줄 것이라는 착각이 더 많은 일을 하게 하는 것이다. 우리는 일의 발견을 통한 자신의 발견, 다시 말해 어떠한 일에 어떠한 비중을 두고 원하는 인생을 구성해 갈 것인가에 대한 끊임없는 질문과 마주해야 한다.

행복

발전하는 나를 스스로 발견하는 순간만큼 행복한 순간이 또 있을까? 내가 가장 많은 시간을 보내는 곳은 진료실이다. 어떻게 하면 병원에 있는 시간이 행복할까 하는 고민은 언제나 함께한다. 반복되는 일상의 대부분은 인내의 시간이겠지만, 무엇보다 보람을 느끼는 순간은 역시, 새로운 장비를 도입하고, 발전된 술기를 진료현장에 접목하며, 보다 정제된 처방의 결과로 환자의 웃는 얼굴을 대면하는 때가 아닌가 싶다. 특히 요즘같이 어려운 시기에 병원 경영에서도 흔들림 없는 수입이 보장된다면 더할 나위 없을 것이다. 돌이켜 보아도, 학술 논문을 쓰고, 연구의 자세로 의학

지식의 깊이를 더하여 현재에 머물지 않고 달라지고 발전하고 있는 나를 발견하는 순간이 가장 행복하였다. 요즈음, COVID19의 영향으로 학회 등 오프라인 모임은 중단된 상황이다. '웹사이트에서 진행되는 세미나'를 의미하는 신조어, 웨비나(Webinar, Web-based Seminar)는 이제 너무나 익숙한 단어가 되었다. 오늘도 나는 예정된 웨비나 일정을 챙겨 본다.

그리고, 오래전 행복했던 시간을 떠올려 본다. 나는 전라북도 익산시에서 대구시까지 오가며 연애 시기를 보냈다. 주말이면 익산에서 대전으로 다시 대구로 향했다. 연인 사이의, 먼 거리만큼이나 같이 있는 시간도 짧았을 것이다. 아쉬운 마음은 남녀를 전화기에 앉혔다. 나는 전화기 너머로 그녀에게 김현식의 〈내사랑 내곁에〉를 불렀다. 시외전화 요금은, 당시 학생에게는 거액이었을, 20만? 30만 원 가까이 청구되었다. 남과 여는 젊었기에 단순했고, 이외의 어떤 조건도 방해물이 되지 못했다. 나는 그렇게 짧고 화려했던 1년간이 연애시절을 보냈다. 그리고 지금도 잊지 못할 추억으로 간직하고 있다.

삶은 불태워질 때 찬란하다. 몰입의 순간이다. 뒤따르는 성과의 시간도 눈물 나게 눈부신 순간이었다. '의사고시'와 '피부과 전문의 시험' 준비를 위한 공부의 시간은 쉽지만은 않았다. 방대한 양을 공부하여 머릿속에 지식을 입력을 하고 보면, 뇌세포가 스스로 뉴런의 돌기를 뻗어 주변의 세포와 시냅스를 이루며 뇌세포는 춤을 춘다. 머릿속에는 지식과 정보들이 스스로 서로 논리적으로 연결되고, 새로운 정리와 궁금증으로 발전하는 황홀한 경험을 하게 된다. 특히, 의사고시 준비 시기는 학생 가장으로 나에게 합격은 무엇보다 절실하였다. 당시 시험은 어려워서, 합격률은 60%를 조금 상회하는 수준이었다. 합격! 이 한 번의 시험으로 나는 이후 많은 기회를 얻게 된다. 그리고 수년 후 전문의 시험 준비, 한 번의 실패를 맛본 나는 시험을 다시 한번 치러야 했다. 그리고, 피부과 전문의 자격 시험 합격의 순간에는 눈물을 흘렸다.

나는 사실 제대로 된 운동을 할 수 있는 게 없다. 마흔 중반, 새삼 골프에 관심을 가지게 된다. 역시 운동이란 나에게는 고역이다. 운동 전날 밤이면 새벽 5시에 골프를 위해 일어나야 한다는 생각에, 밤늦게까지 뒤척이던 나는 새벽 2시즈음 눈이 뜨여, 한참을 뒤척이다가 부시시 일어난다.

운전을 잘하지 못하는 나지만 생전 가 보지 못한 골프 클럽을 찾아가야 한다. 운동이 지속되며 긴장은 해소되지 않고 오히려 증폭된다. 이 순간, 대인관계에 서툰 나는 동반자(골프 파트너)에게 터무니없는 멘트를 날린다. 그리고 몇 날 동안 자신을 자책한다. 또한 운동 중, 터무니없는 샷을 연발하는 나는 무안해진다. 본능인 감정의 울렁임을 이성으로 다스려야 함은 실로 어렵다. 더군다나 동반자와 6시간 가까이 운동과 식사, 목욕까지 같이한다. 서로가 숨김없이 발가벗겨진다. 진정으로 골프가 어려운 이유는 그것이 본성과 이성의 경계지점에 위치하기 때문이리라. 동반자와의 사이에 경쟁적 본성이 위치하고 동시에 화합을 목표로 하는 운동이어서 그렇다. 우리는 더욱 좋은 관계를 만들기 위해 운동을 시작한다. 가까웠기에, 사이가 좋기에 더불어 운동을 시작하지만 반대로 경쟁 관계에 있다. 경쟁심에 얼굴이 굳어지는 상황에서도 상대를 인정해야 하는 순간이 있다. 골프는 나를 분열시킨다. 그렇다면, 나는 왜 골프를 계속하고 있는가? 그 이유는 역설적이게도 나에게 있어 가장 부족한 능력은 운동이고, 더욱이 골프의 제1 덕목인 매너, 대인관계에 있어서 치명적인 약점을 가지고 있기 때문일 것이다. 그렇기에 골프는 언제나 나를 한계의 시험대에 올리고, 어김없이 나를 앞으로 진일보시킨다. 더욱이, 골프에는 오묘한 스윙 메커니즘이 있어 더욱 나를 매료시킨다. 스윙의 심연의 깊이는 실로 짐작이 안 될 정도로 깊다. 볼을 멀리 보내기 위해 오히려 천천히, 더욱 힘을 빼야 하고, 본능적으로 힘이 주어지는 작은 근육의 움직임을 통제하고 잠자는 큰 근육을 단련시켜야 하는 운동이다. 더불어 골프에는 시간도 존재한다. 동작에만 집중하다 보면 오히려 템포와 리듬을 놓친다. 작은 것에 집중하면 오히려 전체적인 밸런스를 잃게 되고, 동작의 과함은 오히려 부족함만 못하다. 만들려는 인공적인 동작은 내 몸이 허락하는 자연스러움만 못하다. 더욱이 의식으로 통제가 안 되는 짧은 순간에 이루어지기에 오히려 심리운동이리라. 이제 본격적으로 시작한 지 6년이 지난 오늘도 골프는 새로움으로 다가온다. 스코어는 점점 조금씩 좋아지고 있지만 언제나 새로운 과제를 나에게 던진다. 그래서 집중하고, 오히려 놓을 수가 없다. 오늘도 나는 연습장으로 향한다.

38 **《FLOW : 몰입, 미치도록 행복한 나를 만난다》**
미하이 칙센트미하이, 최인수 옮김, 한울림, 2018.

플로우(Flow, 몰입)란 어떤 행위에 깊이 몰입하여 시간의 흐름이나 공간, 더 나아가서는 자기 자신조차 잊게 되는 심리적 상태를 말한다. 이를 통해 삶의 질을 향상시키고 행복해지는 방법이며, 스스로 발전된 나를 찾는 방법이다. Flow를 경험하기 위해서는 어떤 조건이 필요할까? 먼저, 우리가 원하는 목표를 설정하자. 생겼다면 이를 이루기 위한 과제가 우리에게 뒤따를 것이다. 목표에 따르는 과제를 도전을 통해 해결하고 첫 번째 목표를 이루었다면, 다음으로 '그다음의 목표'를 다시 설정한다. 나는 분명한 규칙과 즉각적인 피드백으로 지속적으로 발전한다. 즉, Flow를 경험하기 위해서는 끊임없이 자신의 능력보다 조금 더 높은 구체적인 목표를 설정하고 이를 이루며, 계속 조금씩 목표를 높여 나간다면 지속적으로 다시 몰입단계에 접어들 수 있다.

구체적으로 우리의 생활에서 플로우를 통해 삶의 질을 높이는 방법은 어떤 게 있을까? 첫째, 신체활동, 운동을 통해 경험할 수 있다. 간단하게는 심지어 걷기를 통해서도 Flow를 경험할 수 있다. 그리고 우리 주위에는 많고 다양한 스포츠 활동이 있다. 둘째, 사고 능력의 도전을 통해 생겨난다. 지적 능력의 도전에서 가장 흔한 것이 독서가 아닐까? Flow를 경험하기 위해서는 단순히 읽는 행위만으로는 안 된다. 독서를 통해 깨달음을 얻고, 읽은 것을 정리하거나, 그것을 다른 사람들과 나눌 때, 나는 플로우를 경험한다. 셋째, 많은 사람들은 생계를 위해 많은 시간을 '일'에 투자한다. 하지만, 일에서 느끼는 만족감은 사람마다 다른데, 오늘 하고 있는 일을 통해서 플로우를 경험할 수 있다면 삶의 질도 높아질 것이다. 역시 매일매일의 새로운 도전이 있다면 가능할 것이다. 자신의 일을 몰입활동과 최대한 비슷하게 재설계하는 전략이고, 기술을 연마하고 합당한 목표를 설정하여 지속적으로 Flow를 경험하는 환경을 만들어 보자.

예술, 삶을 넘어서는

기타를 잠깐 연주하였지만, 솔직히 지금까지 변변하게 다룰 줄 아는 악기도 없고, 그림 그리기에서도 잼뱅이라고 실토하지 않을 수가 없다. 그렇다고 다른 예술 영역을 접해 볼 기회도 많지 않았음을 인정하지 않을 수 없다. 하지만, 언제나 예술은 내 인생을 아름답게 꾸며 주는 장식품과 같은 것이었다. 결정적인 인생의 순간 나와 같이하였다. 그리고, **나의 정신을 더욱 빛나게 하였고, 시선을 앞으로 인도하였다.**

1982년, 마이클잭슨의 '문 워킹' 장면을 잊을 수 없다. 중학생 소년이 첫 번째로 만난 것은 마이클 잭슨의 LP판이 있다. 그날 밤 소년은 설레어서 잠을 못 이루었다. 읍 단위의 소도시 안에서 갇혀 생활하던 소년의 마음은 지구 반대편에 대한 궁금증이 생겼고, 한걸음에 내달렸다. 팝음악이십대 소년의 마음을 흔들었던 때는 아마도 그때 즈음이었을 것이다. 그리고, 서양으로부터 온 영화도 있었다. 정확히 어떻게 그 영화를 보게 되었는지 정확히 모르지만, 〈포세이돈 어드벤처〉의 감동은 지금도 나에게 밀려온다. 아마도 소년은 꺾을 수 없는 불타는 '인간의 의지'를 느꼈을 것이다. 꿈 많던 시절, 고향을 떠나 앞으로 이어질 수십 년의타지 생활을 마주할 용기를 스스로 가늠해 보았을 것이다.

30대 후반의 나이, 의무사령부 예방의학과에 근무할 때는 군 생활이 절정에 달했을 때이다. 이때 군 내 전염병관련 신종플루, 결핵, 말라리아와 관련해 나에게 업무가 주어졌다. 군진의학 학술대회를 개최하고 용산의 미군, 일본과의 교류를 활발히 하였다. 그중, 아마도 최고의 정신적으로 집중력을 발휘했을 때는 말라리아 약제 내성 관련 논문을 쓸 때였던 것 같다. 40이 가까운 나이에 주말이면 도서관으로 향했다. 관련 논문을 읽고 연구계획서를 완성했고, 이를 문서로 기안, 보고를 해서 행정적으로 협조를 구했다.

수개월간 혈액샘플을 모으고, 미국 CDC에 검체를 보내어 검사결과를 도출했다. 논문을 학술지에 게재하기까지 총 3~4년의 시간이 필요했다. 군인으로 순수한 학문적 탐구에 집중했던 이 시기 자주 손이 갔던, 기억에 남는 클래식 음악이 있다. 이시기 나의 내면을 강하게 흔들었던 음악이다. 쇼팽의 〈야상곡〉은 의식의 심연으로 나를 안내했다. 이성은 의학의 첨단에 서고, 감성은 쇼팽의 야상곡과 함께 춤을 추었다.

제대한 이후에도 이어졌던, 10년간의 서울 생활은 만만치 않았다. 그렇게, 견디는 일상에서도 예술 작품을 통해 삶을 뛰어넘는 순간을 경험한다. 나는 고흐, 그중에서 〈해바라기〉를 좋아한다. 보노라면 자연스럽게 삶의 열정을 느낀다. 교육을 위해서였지만, 아이들과 서울에서 생활한 시기는 그야말로 인내와 고통의 시간이었다. 내가 소유한 집이었지만, 대부분은 은행대출이어서 매달 부담스러운 이자도 내야 했고, 중학교, 고등학교 학생, 세 명을 스스로 감당해야 했다. 군의관의 월급은 턱없이 부족했다. 마이너스 통장의 숫자도 날로 증가하였다. 하지만, 우리에게 젊음과 희망이 있었기에 초라하지 않았음이라. 모조품이었지만,

부부는 고흐의 작품을 거실에 내걸었다.

39 《예술이란 무엇인가》
레프 톨스토이, 이철 옮김, 범우사, 1998.

책은 총 20장으로 이루어져 있다. 1~3장은 세속적 미학에 대한 본인의 입장을 이야기한다. 4장에서 기존 미학이 가지고 있는 본질적인 문제점을 이야기하고, 5장에서는 톨스토이가 생각하는 예술론을 논한다.

'예술을 정확하게 정의하기 위해서는 먼저 그것을 쾌락의 수단으로 보는 방식을 버리고, 인간 생활의 하나의 조건으로서 예술을 검토해 보지 않으면 안 된다. 그리고 이렇게 예술을 검토해 보면, 우리는 예술이 인간 상호간의 교류 수단의 하나임을 인정하지 않을 수 없다. 모든 예술 작품은 그것을 만든 사람과 그것을 감상하는 사람, 다시 말하면 과거, 현재, 미래를 통해서 그 예술적 인상을 받는 모든 사람들 사이에 일종의 교류를 갖게 한다. 사상이나 경험을 전달하는 말이 사람들을 결합하는 수단이 되는 것처럼, 예술도 그와 같은 작용을 한다. 다만 예술이라는 특수한 교류수단이 말이라는 교류수단과 다른 점은, 말로는 어떤 한 사람이 자기 생각을 남에게 전달할 뿐이지만, 예술에 의하면 많은 사람들이 서로 그 마음을 전달할 수 있다는 것이다. 예술 작업은, 인간이 귀나 눈으로 타인의 감정의 나타남에 접하여 그 감정을 나타내는 사람이 경험한 것과 동일한 감정을 경험하는 능력을 가지고 있다는 데 근거를 둔다'〈레프 톨스토이,《예술이란 무엇인가》, 범우사〉

SEX

　대학생이던 어느 날 오후 즈음의 기억이다. 성욕이라는 무의식의 힘이 이성을 마비시킬 정도로 나의 마음을 휘감았다. 〈지킬박사와 하이드 씨〉에 나오는 하이드라는 내면의 무서운 본능적 괴물이 현실의 이성적 판단을 압도하는 순간이다. 동물들의 발정기 심리 상태와 조금도 다르지 않을 것이다. 그날 밤 사귀던 여자친구를 찾아갔던 기억이 어렴풋하다. 자위 행위든 이성과의 관계가 아니라면 해소되지 않을 강력한 욕구였으리라. 성폭력 사건의 가해자의 심리를 공감하게 되어 섬뜩함을 느끼는 순간이다. 대학교 입학 이후로 나의 여성편력은 시작되었다. 그동안 억눌렸던 여성에 대한 관심이 밖으로 분출을 시작했다. 이후 지속적으로 이성은 내 주위에 있었다. 하지만, 결혼만이 성행위를 합법적이게 해 준다. 나는 모범적인 삶을 꿈꾸는 젊은이였고, 더욱이 경제적으로 자립하지 못한 미숙한 학생 신분이었다. 나의 강렬한 성적 욕구는 이른 결혼으로 이어지는데, 분명 일조했을 것이다. 결혼 이후로는 경제적인 독립의 역할을 부여 받고, 아버지로서 살아간다. 하지만, 결혼이라는 틀 안에서도 오랫동안 부부는 샘솟는 욕구를 분출, 해소할 수 있었으니, 이에 대해 감시할 일이냐.

나이가 들어, 노년의 부부는 정신적인 사랑으로만 충만할 수 있을까? 나에게만큼은 그렇지 않을 것 같다. 육체적인 만남이 있어야 정서적인 교감도 가능할 것이다. 30년 전, 아내와의 만남의 순간, 남녀간의 끌림은 하늘의 축복이었다. 어떤 요령도 어떤 꾸밈도 필요 없었을 성적욕구 그리고 행위. 하지만, 얼마나 오랫동안 지속 가능할까? 그리고 어떻게 하면 오랫동안 지속 가능할까? 불가능한 것인가? 아니다. 서로의 노력이 있다면 가능할 것이다. 나는 인생 유일한 30년 동반자와의 화려한 섹스를 오늘도 꿈꾼다.

처음 만남의 순간 서로는 낯설고 신선함에 상대의 장점

156

만을 보았을 것이다. 하지만, 모든 관계 에서와 마찬가지로, 인간 사이에서는 오래될수록 서로가 장점보다는 단점을 보게 된다. 이와 같이 부부도 오랜 시간 동안 서로 익숙해지며 상호간의 매력을 잃어 간다. **성적인 '욕구'는 '익숙함'의 반대말이다.** 따라서, 에로티즘의 불꽃을 간직하기 위해, 부부간에 간극을 유지할 필요가 있다. 나는 이제 결혼 30년을 앞두고 있다. 하지만, 아내는 아직도 생리현상을 남편에게 조심하며 오늘도 또한 몸을 가꾼다. 동물적이지 않을 때 욕구는 솟구친다. 가정에서 에로티즘이 산산이 부서지는 가장 극적인 공간은 화장실일 것이다. 나는 지금까지 화장실에서 안 좋은 냄새와 처리물을 보지 못했다. 오늘도 아내는 화장실을 청소한다.

더불어, 무엇보다 결혼은 험난한 인생의 동반자를 선물해 주었다. 이제 눈빛만 보아도 서로의 마음을 알고, 곁에서 어루만져 주는 존재가 되었다. 수십 년이 흐른 후, 결혼의 진정한 의미를 다시 한번 생각해 본다. **섹스는 소통이었고 우리를 하나로 묶었다.** 30년째 곁을 지켜 주는 아내는 진정한 인생의 동반자이다.

저자 에스더 페렐은 심리치료 전문가이다.《왜 다른 사람과의 섹스를 꿈꾸는가》는 실제 상담사례를 통해 부부의 실제적인 건강한 성생활로 우리를 안내한다.《에로티즘》의 '풀이집'이라 할 수 있을 것이다.

40 《에로티즘》

죠르쥬 바따이유, 조한경 옮김, 민음사, 1996.

"아름다움의 판별 기준은 '동물성으로부터의 거리'."이다. "'아름다움'은 가리는 것과 가려지는 것 사이에서 성립한다. 벌거벗은 것의 직접적인 전시는 에로틱하지 않다."
〈죠르쥬 바따이유,《에로티즘》, 민음사〉

육체적인 측면에서만 보면 결혼에서의 성생활이나 불륜이나 다를 게 없음에도 불구하고 불륜이 강렬한 에로티즘, 즉 강렬한 흥분을 불러일으키는 이유는, 사회적이고 도덕적인 비난의 대상이라는 금기, 그러니까 죄의식이 위반의 욕망에 불을 지르기 때문이다. 불륜상대는 그 또는 그녀를 소유한 특정인의 감시가 매 순간 존재하기 때문에 금기에 대한 위반의 욕망이 샘솟을 뿐만 아니라 그 또는 그녀를 소유하기 위해선 수많은 시간과 돈과 노력을 투자해야 하는데, 그것이 바로 그만큼의 의미와 가치를 불륜상대에게 부여하게 되는 것이다. 에로티즘과 관련해서 결혼 제도가 지니는 단점은 '습관화'이다. 결혼은 성생활을 습관화하고, 습관화된 성생활은 위반의 느낌을 약화시키며, 위반의 부재는 에로티즘 즉, 쾌감의 부재를 초래한다. '익숙함' 곧 '습관화'를 두려워하고 경계하며, 부부는 '처음처럼'의 태도를 유지해야 한다.

 41 《**왜 다른 사람과의 섹스를 꿈꾸는가**》
에스더 페렐, 정지현 옮김, 네모난정원, 2011.

에스더 페렐은 미국 뉴욕에서 커플 및 가족치료 전문가로 활동한다. 이 책에는 작가가 만난 다양한 커플들의 사례가 나와 있다. 그들을 만나 상담하고 치료를 하면서 얻은 경험을 토대로 남녀의 성에 대한 인식과 현재 곁에 있는 배우자를 위해 열심히 사랑하라는 얘기를 하고 있다. 저자는 부부라는 안전한 울타리의 반복되는 일상에 새로움을 더하는 방법을 구해야 한다고 말한다. 말이 아닌 몸으로 말하고 성과 정서에 관한 문제를 바로잡을 것을 권한다. 에로틱한 결혼 생활로 이어지는 문을 활짝 열어 다시 뜨거운 섹스를 즐기라고. 하지만, 이미 소유한 배우자를 원하는 일이 가능한가? 안정과 편안함을 느끼는 배우자에게 자극과 설렘, 욕망까지 느끼기는 쉽지 않지만 전혀 불가능하지도 않을 것이다. 바람을 피우기보다는 아내와 바람피우듯 사랑하라고 말한다.

결혼, 가족

나는 단언한다. 결혼하여 가정을 이루고 가꾸어 본 자만이 삶을 애기할 수 있을 것이다. **가족을 이루고 감당하는 것보다, 어려운 인생에서의 수련단계는 없을 것이다.** 경제적으로 자립하고, 부부간 에로티즘의 불꽃을 간직하고, 아이들에게는 사랑을 베풀며 부양의 책무를 다하고, 부모를 존경하며, 형제, 친구와 이웃간 신뢰로 살아가는 삶을 구현하는 것은 결코 쉬운 과제가 아니다.

나는 만 23세에 결혼하였다. 그간 위기의 순간도 있었다. 해군 중위 월급으로 생활하다 보니, 둘째 아이 분윳값이 없었던 때가 기억이 난다. 전역이 다가올 무렵에는 계속

해서 군에 있고 싶은 생각도 있었다. 하지만, 가정을 이끌기 위해, 경제적으로 독립하는 것은 절제 절명의 과제였다. 어렵사리 개업을 하였고, 지금은 가정을 꾸릴 정도의 경제활동을 이어 가고 있다. 아내와 어머니 사이, 고부갈등의 순간도 있었다. 이제는 지나갔지만, 논리적으로 설명이 안 되는 감정의 문제가 발생했을 때는 그저 인내하는 시간이 필요했던 기나긴 시간이었다. 첫째 아이가 위조 성적표로 부모를 속였을 때는 아이에 대한 기대를 모두 내려놓아야 하는 참담한 시간이었다. 둘째가 나의 어머니, 할머니에 대한 모욕적 발언을 할 때는 가족에 대한 회의감으로 괴로워했다.

부끄러운 이야기지만, 누님 두분 모두와, 경제적인 문제로 지금은 사이가 멀어져, 현재 교류가 없다시피 한 상태이다. 두 분 누님 모두 사업 관련하여 어머니와의 채무관계로 서로 상처받았다. 우리는 돈, 경제적인 구속 앞에 약해지는 존재이다. 하지만, 나는 누님들에게 은혜를 받은 사람이다. 묵묵히, 어머니를 끝까지 보살피는 것이 누님들에게 빚을 갚는 길이라 여긴다. 오늘, 내 어린 시절의 부모님을 떠올려 본다. 아버지는 할아버지를 죽음의 순간까지 곁에서 지켰고, 49일간이나 집에서 떠나보내지 않으셨다. 사촌, 외사촌 형님들은 우리 집을 자주 드나들었다. 어머니는 시아버지와 죽음의 순간까지 같이했다. 그리고, 당신 남편의 누님, 고모에 대해 나쁜 얘기를 입 밖에 내지 않으셨다. 지금도 살아 계신 장모님, 지금은 고인이 되신 장인어른은 당시 대학생이던, 사촌 조카를 경제적으로 챙기셨다. 지금까지 나는 의사의 꿈을 이루며, 두부 장수였던 아버지를 극복했다고 생각했다. 하지만 곰곰이 생각해 보면, 나는 아직도 부모의 삶을 뛰어넘지 못했나 보다. 오히려 앞으로 극복해야 할 수련의 과정은 길고도 험할 것이다.

결혼이란 우리에게 어떤 의미를 가지고 우리에게 어떤 삶의 의미를 가지는지를 소설 《안나 카레니나》를 통해 고민해 본다.

가족이라는 공동체는 사랑이라는 힘으로 결합 되어 있으며, 서로 간의 신뢰와 사랑이 없다면 어떤 극단적인 문제를 일으키는지 소설, 《카라마조프 家의 형제들》은 이야기한다. 카라마조프 家는 인간의 내면에 존재하는 선과 악, 내적 모순들이 충돌하는 소

우주가 된다.

 42 《안나 카레니나》
레프 톨스토이, 연진희 옮김, 민음사, 2009.

소설은 이렇게 시작한다.

"행복한 가정은 모두 모습이 비슷하고, 불행한 가정은 저마다 나름의 이유로 불행하다." 〈레프 톨스토이, 《안나 카레니나》, 민음사〉

젊은 시절 둘은 만나 가정을 이룬다. 첫 만남의 감정은 변하고 다듬어지며 부부가 성장하는 것은 자연스러운 인생사일 것이다. 모든 가정이 서로에게 있어 성장의 토대가 될 수 있다면 그것은 이상적 결혼이라 할 수 있을 것이다. 성장은 우리에게 기쁨과 행복을 준다. 성장을 멈추는 순간 삶도 행복도 더 이상 없을 것이다. 안나는 브론스키의 애정 공세에 불륜의 관계에 빠진다. 하지만, 서로에게 집착하고 소유하고자 할수록 서로의 사랑은 더욱 멀어졌다. 사랑은 변화하는 것이다. 그들이 추구했듯이, 변함없는 젊은 시절의 사랑을 좇는 것은 순리에 역행하였을 것이다. 그들은 변화에 저항하였던 것이다. 성장과 변화가 없는 삶은 결국 파국으로 치달았다.

톨스토이는 레빈과 키티 간의 사랑과 결혼을 이상적인 가정으로 표현한다. 이들 간의 사랑의 시작은 순탄치 않았다. 결혼 초기, 보통의 부부처럼 갈등에 직면한다. 하지만 부부는 불만, 의심, 질투, 싸움을 계속하면서도 그럼에도, 소통을 이어 간다. 이상적인 가정, 공감하는 가정, 기쁨이 있는 가정으로 성장한다. 주어진 '일'에 있어서도 레빈은 자신에게 몰입한다. 농장에서 자신의 일에 있어 내면으로 몰입하고, 일하는 동안은 자기가 하고 있는 것을 잊을 정도이다. 몰입의 순간, 그에게는 행복감이 온다. 그럴 때가 가장 행복한 순간이었다. 레빈과 키티는 함께하는 삶을 살아간다. 세상과 가족과 소통하며 공감한다. 또한, 레빈은 죽음을 잊지 않는 삶, 존재하는 삶을 산다. 인생이 가장 안정되고 행복한 순간, 그는 엄습하는 죽음의 공포를 느끼고 깊은 고민에 빠진다. 레빈은 이렇게 말한다. "인간의 앞길에는 고뇌와 죽음과 망각 외에는 아무것도 없다는 것을 확실하게 이해했다." 고민을 계속하던 그는 한 농부에게서 답을 얻는다. "삶은 그냥 사는 것이고, 선하게 사는 것."이다. 레빈은 선하게 사는 데서 해답을 찾고자 했다. 레빈은 이렇게 말한다. "하지만 나에게 일어날 수 있는 그 모든 일에 상관없이, 이제 나의 삶은, 나의 모든 삶은, 삶의 매순간은 이전처럼 무의미하지 않을 뿐만 아니라 선이 명백한 의미를 지니고 있어. 나에게는 그것을 삶의 매 순간 속에 불어넣을 힘이 있어!" 〈레프 톨스토이, 《안나 카레니나》, 민음사〉 레빈은 앞으로 무슨 일 일어나든, 자신은 변화에 임할 것이고 성장을 계속할 것이고, 성장하는 한 삶은 무의미하지 않을 것이라 스스로에게 말한다.

43 《카라마조프 家의 형제들》
표도르 도스토예프스키, 김연경 옮김, 민음사, 2007.

삶과 죽음, 사랑과 증오, 선과 악, 인간의 본성을 탐구하는 대서사시이다. 아버지 표도르 카라마조프 살인 사건은 가족 안에서 이루어졌기에 더욱 극적이다. 소설은 표도르의 아들 세 형제, 드미트리, 이반, 알료샤가 성장하여 집으로 돌아오며 시작된다. 서로의 가족임에도 이들은 음탕하고 탐욕스러운 아버지 표도르 카라마조프의 죽음을 바란다. 그러던 중 표도르가 살해된다. 혐의는 표도르와 그루센카를 두고 연적 관계에 있던 큰아들 드미트리에게 쏠린다. 그러나 실제 살해범은 둘째 아들 이반의 정신적 사주를 받은 표도르의 사생아 스메르쟈코프였다. 표도르를 살해 후, 스메르쟈코프는 자살해 버렸고, 재판을 통해 드미트리는 결국 20년간의 시베리아 강제노동형을 선고받는다. 어떤 식이 되었든 돈에 눈이 먼 아들들은 돈을 위해 직 간접적으로 아버지를 살해하게 되지만, 돈이 아니라 오히려 아버지의 희생을 통해 새로운 삶을 얻는다. 드미트리는 살인 누명을 쓰고 고통받으면서 오히려 타인의 고통을 이해하게 되고, 이반은 아버지를 증오하는 감정과 살해하고 싶은 욕망을 스메르쟈코프에게 드러내어 무의식적으로 살인을 부추겼다는 생각에 스스로 괴로워한다. 수도원에서 종교인으로 살아가는 알료샤는 남을 탓하기에 앞서 자기 스스로를 탓한다.

나는 가족에게서 사랑을 받았고 배웠다. 도스토예프스키에게 있어 가장 큰 죄악은 단절이었을 것이다. 이의 해결을 위한 답은 무엇일까? 작가는 '사랑'을 제시하는 것 같다. 도스토예프스키는 서로 사랑하지 않으면 내가 속한 집단도 Dead House, '죽음의 집'이라 표현했고, 그래서 소설의 배경도 카라마조프 家라는 가족을 배경으로 쓰였으리라. 부모와 형제, 자매 간에 추구하는 삶의 가치가 극적으로 충돌하는, 마치 용광로와 같은 공동체가 가족이다. 가족 구성원 간 종교적 갈등, 성폭력, 근친상간, 부모로부터의 경제적 탈취, 형제간 재산 싸움, 그들 간의 반목이 다반사로 일어난다. 하지만, 오히려 가깝기에, 감추어지고 드러내어지지 않을 따름이다. 오직 사랑만이 인간을 인간답게 만들고, 인간을 존재하게 만들고, 인간을 하나의 공동체로 묶어 줄 수 있다. 사랑은 도스토예프스키 철학의 처음과 끝일 것이다.

자녀, 교육

나는 얼마전까지 "나는 국민학교 6학년에 스스로 의사가 되기로 결심했다."라고 알고 있었다. 하지만 아버지가 돌아가시고 수십 년 뒤인 얼마 전, 내가 50살이 다 되어 사촌형님이 생활하고 계신 일본 후쿠오카 방문 당시, 형님께 "나의 아버지, 당신도 나와 같이 의사가 되기를 꿈꾸었던 분."이란 놀라운 얘기를 들었다. 순간 어린 시절 책꽂이에 자리잡았던 아버지의 낡은 의학서적이 생각이 났다. 나의 어린 시절 '스스로의 결정'은 오히려 부모에 의해 만들어졌겠구나 하는 생각을 하게 되었다. 부모님은 전라도에서 이주하신 분으로 서울을 바라보았지만 감히 다가가지 못하고 인근 경기도에 정착하였을 것이다. 당신은 두부장사와 문구점을 하며 아들에게는 의사에 대해 끊임없이 얘기해 주었을 것이다. 두부장수인 부모가 아들에게 기대할 수 있는 희망의 최대치, 감당할 수 있는 가장 먼 곳이었을 것이다. 그리고 아버지는 스스로 이루지 못한 꿈을 나에게서 이루었다. 하지만, 부모님은 지금까지 어떤 과정으로 내가 현재에 이르렀는지 말씀 한번 안 하셨다. 나 자신이 스스로 뜻을 세우고 뜻한 바를 이루었다는 자부심마저 선물하셨다.

삶은 세대를 거쳐 이어진다. 10년, 오랜 군 생활의 끝이 보일 즈음, 나는 전역 후, UN에서의 활동을 꿈꾸었던 기억이 있다. 국제 무대와 경험하지 못한 외국 생활에 대한 환상이 있었나 보다. 지금 나는 아이들을 홀로 지구 반대편, 미국 동부로 유학을 보냈다. 하지만 그것은 오히려 잊은 줄 알고 있던 나의 꿈이었을까? 댓가로, 나는 오랜 기간 전화기 너머 지구 반대편, 아이의 울음소리를 들어야 했다. 나는 한 번도 직접 찾아가 위로해 주지 못했다. 이제야 10여 년의 아이 유학 생활의 끝이 보인다. 홀로 타국에서의 어려운 환경에서 훌륭히 생활해 준 아이가 대견하고 어려운 시간을 홀로 이겨 내 주어 감사할 따름이다. 과거 나의 아버지도 나에 대해 같은 마음이었을 것이다.

나는 교육을 '아이가 감당할 수준의 가장 이질적인 경험을 선물하여, 생각의 넓이와 깊이의 심화를 도와주는 과정'이라 정의하고 싶다. 물론 전제가 있다. 아이가 받아들일 수 있을 정도의 정체성을 구축하여 새로운 것을 소화할 수 있는 나이여야 한다는 전제에서 말이다. 이는 사람마다 그 시기가 다르다. 나는 언제나 사고와 담론의 정점에서 서양을 만났다. 논문을 쓸 때뿐 아니라, 삶의 고민의 해결점을 서양의 사상가로부터 얻었다. 그래서 나는 자연스럽게 미국을 선택했고, 그중에서도 유럽을 맞대고 있는 미 동부도시를 아이들의 유학지로 자연스럽게 선택하였을 것이다.

처갓집과 우리 집의 공통적인 분위기는 '교육 중시'였다. 우리들의 성장시기, 당시의 사회적인 분위기이기도 하다. 장인어른도 자수성가하신 분으로 교육에 대한 생각이 남달랐다. 아내는 내가 아이들에게 훈계를 하며 흥분하여, 아이들을 비하하는 말을 할 때면, 항상 "말이 씨가 된다."며 나에게 경고의 눈빛을 날린다. **'부모의 말이 우리 아이의 미래를 결정한다'**

내가 경험한 대학입시를 생각해 보면 아직도 아찔하고 까마득하기만 하다. 우리는 왜 아이들에게 그토록 집착하는가? 《기울어진 교육》에서는 사회적으로 과열되고 있는 교육과 치열한 대학입시의 분위기는 어디에 그 뿌리를 두고 있는지 말한다. 사회 계층 간 이동이 어려워지고, 소득불평등이 심해 질수록 우리의 부모들은 아이들의 교육에 있어 더욱 치열해진다. 그리고, 《우리에게 연고는 무엇인가 : 한국의 집단주의와 네트워크》에서 다시 한번 그 이유를 설명한다. 사람은 사실보다는 권위를 따르는 존재이다. 첫 만남부터 상대방의 명함을 확인하고, 약력소개를 강요하는 사회에 우리는 살고 있다. 이런 방법은 빠르게 변화하는 세상에서 많은 경우에 유용하다. 하지만, 거대한 선입견의 틀 안의 흐름에서 초라한 경력의 개인이 진정한 자신의 능력을 발휘하기란 불가능해 보인다. 학벌(學閥)은 바뀌지 않는 권력이다.

44 《기울어진 교육》
마티아스 도프케·파브리지오 질리보티, 김승진 옮김, 메디치
미디어, 2020.

　기회의 평등을 실현하기 위한 제도인 '교육'은 어째서 더 완벽한 스펙을 만들기 위한 경쟁이 된 걸까? 우리나라에서만 과열된 교육현상이 일어나는 걸까? 요즘 들어 미국과 유럽에서도 자녀들의 양육 방식에 있어 큰 전환점을 맞이하고 있다. 이와 같이 21세기, 교육에서의 열기는 전 세계적인 추세인 듯하다. 저자는 자녀에 대한 개별적인 욕망과 애정의 영역으로 치부되던 양육의 문제를 경제적 변화에 대한 부모의 합리적인 반응으로 설명한다. 소득 불평등 세상에서 자녀에 대한 사랑과 돈, 그리고 자녀 교육의 관계를 설명하며 전 세계로 확산된 집약적 양육 방식에는 경제적인 근원에 그 뿌리를 두고 있음을 말한다. 돈은 오늘날 부모들을 교육에 있어 끝없는 경쟁으로 몰고가는 보이지 않는 손이다. 오늘도 우리는 양육에 점점 더 많은 돈과 시간을 쏟아붓고 있다. 우리의 부모들은 합리적으로 행동하는 것뿐이다. 피케티의 《21세기 자본》에서도 보여 주었듯이, 1970년대부터 오늘날에 이르기까지 세계적으로 계층

간 소득 불평등은 날로 심해지고 있다. 현재, 우리 사회도 실제로 불평등이 심화되고 계층 이동은 점점 더 어려워지고 있다. 사회의 소득 불평등은 부모를 강박과 불안으로 몰고 가는데, 부모는 스스로 어떤 사회에 발을 딛고 있는지에 따라, 그리고 미래에 대한 두려움의 크기에 따라 자녀를 다르게 대한다. 소득 격차가 벌어지고 인적 자본에 대한 투자 수익성이 높아질수록 자녀교육은 강도 높고 집약적이 될 수밖에 없다. 부모는 아이가 성인이 되었을 때 직면하게 될 것으로 예상되는 사회 경제적 현실에 살 준비될 수 있도록 아이의 선호, 태도, 능력을 구성하고자 한다.

45 《우리에게 연고는 무엇인가 : 한국의 집단주의와 네트워크》

김성국(편집자 대표), 전통과현대, 2003.

연고주의란 학연, 혈연, 지연을 통해 자신의 정체성을 규정하고, 개인적 이득을 취하려는 태도를 일컫는다. 그중에서도 한국사회에서 가장 큰 영향력을 미치는 것이 학연이라 할 것이다. 일류대학에 진학할 수 있는 능력의 근소한 차이, 즉 수학능력시험 점수의 근소한 차이가 얼마나 큰 사회적 결과의 차이를 가져오는지 혹시 가져올 것으로 기대되는지를 분석한다. 관련된 요인으로 눈덩이 굴리기 효과(Snowballing)를 지적한다. 조그만 눈덩이를 한 번 굴렸을 때는 별로 커지지 않지만, 출신대학별로 짜인 사회연결망 속에서, 굴릴수록 눈덩이가 자라는 속도는 가속된다. 아주 미세한 학연의 효과도 굴릴수록 더욱 큰 차이를 낼 수 있다.

글을 마치며

길지도 않으며 미천한 나의 삶을 돌아보며, 젊은이들에게 도움이 될 이야기를 어떻게 정리하여 전해 줄까를 고민하며 얘깃거리, 20개의 주제를 추려 보았다. 과거, 나에게는 괴로워했던 순간이었고, 중요한 고민거리들이었다. 동시대를 살아갈 많은 이들도 동일한 문제와 마주할 것이라 생각된다. 그리고 주제별로 나의 이야기와 연결하여 양서를 제시하였다. **책은 삶과 연결될 때 의미를 갖는다.**

제시한 책을 스스로 읽어 낼 수도 있겠지만, 누군가에게는 어려움이 있을 것이다. 여기서 내가 책에 접근하는 방법을 소개하겠다. 나는 평소 EBS 교육방송(classe.ebs.co.kr)을 즐겨 보며 인터넷 교양 영상물을 통해 기초 지식을 넓힌다. 〈플라톤아카데미〉, 〈tvN 요즘 책방: 책 읽어드립니다〉 등의 강연 프로그램을 보는데, 어려운 책을 읽기 전에

사전 지식을 쌓는 데, 많은 도움이 되었다. 또한, 유튜브(youtube.com)나 독서관련 Blog에 해당 책을 개략적으로 정리한 영상이나 글을 간단히 읽어 책의 독서 방향을 우선 설정하고 본격적으로 책 읽기에 도전하였다. 이외에도 다양한 방법을 통해 책으로 향하는 여정을 시작해 볼 수 있을 것이다. 앞에서 주제별로 제시한 책을 읽기 전에 참고가 될 만한 자료와 방법을 소개해 본다. 하지만, 어떤 매체, 어떤 방법도 양서의 정독을 통한 사색만큼 깊지 못할 것이다.

1. 죽음

 《하이데거 존재와 시간》
인선희 글/ 최복기 그림/ 손영운 기획, 김영사, 2019.

하이데거의 《존재와 시간》을 만화의 형태로 풀어 소개하는 책이다. 내용이 잘 구성되어 있어, 철학을 전공하지 않은 분이라면 우선 먼저 읽어 볼 것을 권한다.

2. 기록과 시간

'시간'에 대한 탐구에 있어 과학적인 시각으로 접근하기란 어려울 것이다. 물리학적 지식이 좁고, 평소 시간에 대해 생각해 보지 못했던 나는, 책을 읽기 전에 '시간, Time' 관련 영상을 유튜브(youtube.com)에서 검색, 시청한 후 앞에서 소개한 책을 수월하게 읽어 낼 수 있었다.

3. 독서, 철학과 과학

 《한눈에 보고 단숨에 읽는 일러스트 철학사전》
다나카 마사토, 이소담 옮김, 21세기북스, 2016.

철학 및 과학을 전공하지 않은 분이라면 위의 책을 참고 삼아, 인류 사상의 역사적 흐름 및 기초 개념을 머리에 담은 후 본격적인 책 읽기를 시작해 보는 것도 좋은 방법일 것이다. 가장 단시간에 철학의 역사를 훑어볼 수 있는 책이다. 놀라울 정도로 시대별 철학자와 그들의 사상을 빼놓지 않았고 이해하기 쉬운 그림으로 서술하고 있다. 역설적이게도 철학 전문가가 아니기에 최소한의 쉬운 단어로 그들의 사상을 표현할 수 있었을 것이다.

48 《창조적 지식인을 위한 권장도서 해제집 : 문학에서 과학기술까지》

서울대학교 기초교육원, 서울대학교출판문화원, 2005.

독서를 시작하기 전 반드시 읽어야 할 책이다. 좋은 책, "양서란 무엇인가?" 수백 년을 살아남은 책, "고전이란 무엇인가?"의 답을 찾을 수 있다.

6. 뇌

《괴델, 에서, 바흐, 영원한 황금 노끈》를 읽어 내기란 만만치 않은 일이다. EBS(classe.ebs.co.kr)에서 '뇌 과학' 키워드로 검색된 관련 영상이 도움이 되었다.

12. 선택

《에크리》에는 어려운 단어가 다수 등장하고, 또한 그 전개 순서에 있어서 이해에 어려움을 더한다. '에크리'에 대한 소개형식의 책도 있지만, 무엇보다 읽기 전에 먼저, 인터넷에서 김석 교수의 강의를 들어 보아야 할 것이다.

글을 마치며

14. 콤플렉스

 《콤플렉스》
가와이 하야오, 위정훈 옮김, 에이케이커뮤니케이션즈, 2017.

《인간과 상징》이 대중을 위해 쓴 책이라고는 하나, 정신의학을 공부한 나도 읽기에 어려움이 있었다. 책을 읽기 전, 사전지식을 쌓는 데 도움이 될 것이다.

18. 섹스

 《최고의 섹스 집중 강의》
시미켄, 김봄 옮김, MSN publithing, 2017.

성인이라면 '쿤닐링구스(Cunnillingus)', '펠라티오(Pellicio)'의 의미 정도는 알아야 할 것이다.

삶의 길잡이가 되어 준 책, 50권.

1. 《죽음이란 무엇인가》, 셸리 케이건, 박세연 옮김, ㈜웅진씽크빅, 2012.

2. 《어떻게 죽을 것인가》, 아툴 가완디, 김희정 옮김, 부키㈜, 2015.

3. 《존재와 시간》, 마르틴 하이데거, 전양범 옮김, 시간과 공간사, 1992.

4. 《나이 들수록 왜 시간은 빨리 흐르는가》, 다우어 드라이스마, 김승욱 옮김, 에코리브르, 2005.

5. 《책 읽는 뇌》, 매리언 울프, 이희수 옮김, ㈜살림출판사, 2009.

6. 《철학 이야기》, 윌 듀랜트, 임헌영(역), 동서문화사, 1994.

7. 《과학혁명의 구조》, 토머스 쿤, 김명자·홍성욱(역), 까치글방, 1999.

8. 《지식의 고고학》, 미셸 푸코, 지정우(역), 민음사, 2000.

9. 《나는 왜 쓰는가》, 조지 오웰, 이한중 옮김, 한겨레출판, 2010.

10. 《코스모스》, 칼 세이건, 홍승수 옮김, 사이언스북스, 2006.

11. 《사피엔스》, 유발 하라리, 조현욱 옮김, 김영사. 2015.

12. 《이기적 유전자》, 리처드 도킨스, 홍영남·이상임 옮김, 을유문
    화사, 1993.

13. 《총, 균, 쇠》, 재레드 다이아몬드, 김진준 옮김, 문학사상㈜, 1998.

14. 《자본주의 사회주의 민주주의》, 요제프 슘페터, 이종인 옮김, 북
    길드, 2016.

15. 《괴델, 에셔, 바흐, 영원한 황금 노끈》, 더글러스 호프스태터, 박
    여성·안병서 옮김, 까치글방, 2018.

16. 《시간은 흐르지 않는다》, 카를로 로벨리, 이중원 옮김, ㈜쌤앤
    파커스, 2019.

17. 《우울할 땐 뇌 과학》, 앨릭스 코브, 정지인(역), ㈜노서출판 푸
    른숲, 2018.

18. 《당신의 뇌는 최적화를 원한다》, 가바사와 시온, 오시연(역), ㈜
    쌤앤파커스, 2018.

19. 《백범일지》, 김구, 범우사, 1984.

20. 《나의 생애와 사상(물과 원시림 사이에서)》, A. 슈바이처, 지경
    자 옮김, 홍신문화사, 1990.

21. 《군주론》, 니콜로 마키아벨리, 강정인·김경희 옮김, 까치글방,
    2015.

22. 《주역강의》, 서대원, 을유문화사, 2008.

23. 《유혹의 기술》, 로버트 그린, 강미경 옮김, 웅진지식하우스, 2012.

24. 《정의란 무엇인가》, 마이클 샌델, 김명철 옮김, 미래엔, 2014.

25. 《도덕의 계보, 이 사람을 보라》, 프리드리히 니체, 김태현 옮김,

청하, 1987.

26. 《소유냐 존재냐》, 에리히 프롬, 차경아 옮김, 까치글방, 1996.

27. 《도덕적인간과 비도덕사회》, 라인홀드 니버, 이한우 옮김, 문예
출판사, 2017.

28. 《엔트로피》, 제레미 리프킨, 이창희 옮김, 세종연구원, 2000.

29. 《인간은 왜 병에 걸리는가》, R. 네스·G. 윌리엄즈, 최재천 옮
김, 사이언스북스, 1999.

30. 《에크리》, 자크 라캉, 홍준기 외 옮김, 새물결, 2019.

31. 《21세기 자본》, 토마 피케티, 장경덕 외 옮김, 글항아리, 2014.

32. 〈2019년 가계금융복지조사 보고서〉, 통계청, 2020.

33. 《소비의 사회》, 장 보드리야르, 이상률 옮김, 문예출판사, 2015.

34. 《그리스인 조르바》, 니코스 카잔차키스, 이윤기 옮김, 열린책들,
2000.

35. 《인간과 상징》, 칼 G. 융, 이윤기 옮김, 열린책들, 1996.

36. 《주체의 해석학》, 미셸 푸코, 심세광 옮김, 동문선, 2007.

37. 《일의 발견》, 조안 B. 시울라, 안재진 옮김, 다우, 2005.

38. 《FLOW : 몰입, 미치도록 행복한 나를 만난다》, 미하이 칙센트
미하이, 최인수 옮김, 한울림, 2018.

39. 《예술이란 무엇인가》, 레프 톨스토이, 이철 옮김, 범우사, 1998.

40. 《에로티즘》, 죠르쥬 바타이유, 조한경 옮김, 민음사, 1996.

41. 《왜 다른 사람과의 섹스를 꿈꾸는가》, 에스더 페렐, 정지현 옮
김, 네모난정원, 2011.

42. 《안나 카레니나》, 레프 톨스토이, 연진희 옮김, 민음사, 2009.

43. 《카라마조프 家의 형제들》, 표도르 도스토예프스키, 김연경 옮김, 민음사, 2007.

44. 《기울어진 교육》, 마티아스 도프케·파브리지오 질리보티, 김승진 옮김, 메디치미디어, 2020.

45. 《우리에게 연고는 무엇인가 : 한국의 집단주의와 네트워크》, 김성국(편집자 대표), 전통과현대, 2003.

46. 《하이데거 존재와 시간》, 인선희 글/ 최복기 그림/ 손영운 기획, 김영사, 2019.

47. 《한눈에 보고 단숨에 읽는 일러스트 철학사전》, 다나카 마사토, 이소담 옮김, 21세기북스, 2016.

48. 《창조적 지식인을 위한 권장도서 해제집 : 문학에서 과학기술까지》, 서울대학교 기초교육원, 서울대학교출판문화원, 2005.

49. 《콤플렉스》, 가와이 하야오, 위정훈 옮김, 에이케이커뮤니케이션즈, 2017.

50. 《최고의 섹스 집중 강의》, 시미켄, 김봄 옮김, MSN publishing, 2017.